Geschichten vom Tanz
aus Licht und Schatten

Robert Heitmann

Geschichten vom Tanz aus Licht und Schatten

1. Buch - Der alte Tempel und die Weberin der Knochen

Bibliografische Information der Deutschen Nationalbibliothek: Die Deutsche Nationalbibliothek verzeichnet diese Publikation in der Deutschen Nationalbibliografie; detaillierte bibliografische Daten sind im Internet über dnb.dnb.de abrufbar.

© 2023 Robert Heitmann

Herstellung und Verlag: BoD – Books on Demand, Norderstedt

ISBN: 9783739211237

„Im Herzen aller Menschen kreisen Licht und Schatten im immerwährenden, sich ständige verändernden Tanz umeinander. Ob das Licht oder der Schatten führt, ist oft nicht ersichtlich."

Aus der Offenbarung der ersten Prophetin

Inhalt

1. Kapitel: Ein Ort aus alter Zeit 7
2. Kapitel: Pläne und Vergnügen 16
3. Kapitel: Die Nacht aus Blut und Schrecken 26
4. Kapitel: Die Facetten der Magie 39
5. Kapitel: Ein Angebot das man nicht ablehnen kann 56
6. Kapitel: Die Hölle unter der Erde 64
7. Kapitel: Ein Meisterwerk der Kunst 71
8. Kapitel: Die Angst aus alter Zeit 84
9. Kapitel: Das erste Siegel 88
10. Kapitel: Das zweite Siegel 106
11. Kapitel: Der Hinterhalt 113
12. Kapitel: Ein letzter Gruß im Tempel 143
13. Kapitel: Ein Wettkampf der Knochen 152
14. Kapitel: Ein seltsames Duett 165

1. Kapitel: Ein Ort aus alter Zeit
[Laran]

In den Bergen des Wehklagens

Unter mir erstreckt sich ein ödes Tal voller Geröll und Staub, nur hier und da reckt eine Pflanze ihre dornigen Blätter gen Himmel. Der Wind, der hier unablässig weht, wirbelt immer wieder Staubteufel auf. „Zehn Mann bleiben bei den Tieren. Der Rest folgt mir in das Tal." Fünfzehn vermummte Gestalten beginnen den Abstieg. Das Einzige, was von ihnen zusehen ist sind ihre Augen. Alles andere ist unter langen sandfarbenen Gewändern und Turbanen sowie Tüchern vor Mund und Nase verborgen. Doch selbst so findet der feine rötliche Staub den Weg in den Mund, so dass er zwischen den Zähnen knirscht. Der Weg nach unten ist steil, wir müssen die Schäfte unsere kurzen Speere als Stützen benutzen, um halt zu finden. Immer wieder lösen sich Steine unter unseren Füßen. Am Ende helfen nur noch Seile und gegenseitiges sichern, um unbeschadet hinunterzukommen. Nach einem langen und anstrengenden Abstieg erreichen wir die Talsohle, hier unten regt kein Lüftchen. Die Luft steht, es ist stickig und unglaublich heiß. Ein Tal des Todes und der Geister, so nennt mein Volk solche Orte. An solche Orte gehen Menschen, wenn sie das Leben nicht mehr ertragen und sterben wollen. Das Leben hat hier keinen Platz. „Ausschwärmen! Wir müssen das ganze Tal durchsuchen." Meine Männer bilden eine lose Kette, um das etwa siebzig Meter breite Tal zu durchkämmen. Ich hoffe inständig, dass wir hier finden, was der Fürst sucht, sonst werden wir noch ewig in diesen Bergen sein. Bis wir alle der Hitze, den Durst, Skorpionen oder Bergern zum Opfer fallen. Das Tal beschreibt einen doppelten Bogen wie ein S, vom Süden sind wir in das Tal gekommen nun folgen wir seinem Verlauf nach Norden. In den Wänden sind Vertiefungen geschlagen worden, zweieinhalb Meter hoch, anderthalb Meter breit und tief genug, um unheimliche Schatten zu werfen. Alle zwanzig Meter eine Vertiefung, immer so dass zwischen zwei Vertiefungen auf der linken Seite eine auf der rechten Seite ist. Sie sind eindeutig von Menschen geschaffen worden. Ein gutes Zeichen für unsere Mission. Als ich an immer mehr von ihnen vorbei gehe, ergreift mich ein Gefühl der Trauer und des Verlustes, ohne dass ich erklären kann, warum. Sind in diesem Tal ruhelose Geister? Gleichzeitig entsteht vor meinem inneren Auge das Bild von dutzenden leeren Augenhöhlen, die meine Männer und mich anstarren. Was war ihr Zweck? Stand früher in diesen Augenhöhlen etwas? Die heiße Luft flimmert, macht es schwer klarzusehen, der Verstand beginnt Dinge zusehen, die nicht da sind und Dinge, die da sind, nicht mehr zu sehen. Nach Drei oder Vierhundert Meter wird das Tal immer schmaler, die Wände höher und steiler. Wir rücken zusammen, keiner sagt etwas, doch immer wieder suchen unsere Blicke die Kanten der Felsen hoch über uns ab. Ich selbst tue das auch, erwarte dort oben Schemen zu sehen die sich gegen die Helligkeit des Himmels abheben. Die Herzschläge werden zu Momenten, Momente dehnen sich aber nichts geschieht. In enger Formation erreichen wir das nördliche Ende des Tals. Hinter der letzten Biegung erheben sich zwei steinerne Obelisken aus dem rötlichen Sand. Sie sind schwarz wie die Nacht, wie halb begrabene stumme Wächter, die seit den Tagen der letzten Blutkrieger stumm wachehalten. In der Felswand etwa Dreißig Meter hinter den beiden Obelisken erheben sich gesichtslose Figuren. Die ganze Front eines Tempels oder Grabmales ist direkt in die Steinwand geschlagen worden. Säulen und Kapitelle, Reliefs und Figuren auf mehreren Stockwerken übereinander. Was fehlte ist ein Eingang, dieser liegt wohl unter dem Sand wie die Füße der Obelisken. Mit jedem Schritt, den wir uns den Obelisken nähern wächst in mir ein ungutes Gefühl. Ein unbestimmtes Gefühl der Angst und des Unbehagens, das mich verfolgt, seit wir das Tal betreten haben. Inzwischen sind wir nur noch wenige Schritte von den Obelisken entfernt. Das Gefühl, dass etwas nicht stimmt, wird immer stärker. So schließe ich die Augen, bete zu den Geistern meiner Ahnen. „Gewährt mir die Kraft das mein Geist nicht zerbricht und meine Seele sieht, was sie nicht sehen sollte." Dann konzentriere ich mich auf das Lied der Fäden. Das Lied das kein gewöhnlicher Mensch hören sollte. Die Melodie der Magie die wie ein Harfenspiel klingen und doch liegt immer etwas Wildes und Unvorhersagbares in der Melodie. Nicht lauter als das wispern des Windes. Mit dieser unvergleichlichen Melodie im Ohr öffne ich die Augen. Da sind sie die Fäden der Magie in grau und weiß doch in mehr Schattierungen als die Menschen je Namen erfunden haben, verworren wie Wellen von Spinnweben. Doch nahe den Obelisken sind die Fäden gewoben, komplizierte, sich in mehreren Lagen überlagernde und doch alle miteinander verbundene Mustern. Zwischen den beiden schwarzen steinernen Spitzen laufen die Muster hin und zurück, als habe eine Spinne ihre Netze aufgespannt. Noch während ich die Muster betrachte, macht einer Leuten zwei Schritte nach vorn zwischen die Obelisken. Mögen die Richter seiner dummen Seele ewige Qualen schenken. Das Muster verändert sich etwas, was halb vom Sand begraben und halb in Vertiefungen im Stein verborgen war, erhebt sich. Zwei Wesen aus hellem Stein, weit über zwei Meter groß mit dem Leib sehr muskulöser Männer, die bis ins letzte Detail modelliert wurde. Die Bildhauer haben ihnen ein Lendentuch oder kurzes Röckchen zugestanden, ansonsten sind es die Abbilder eines nackten Mannes. Doch das beängstigende an ihnen ist ihr Kopf. Das Kinn lang und spitz zulaufend, vielleicht ein in Stein gemeißelter Kopfschmuck. Ihre Züge sind eher schmal mit einer ausgeprägten Hakennase und hervorstehenden Wangenknochen. Auf den Köpfen tragen sie einen hoch aufragenden Federschmuck, der ihr Haupt umrahmt. Auch hier haben die Bildhauer höchste Kunstfertigkeit an den Tag gelegt. Ich weiß nicht wie, aber der Blick der steinernen

Kolosse, obwohl starr und leblos, schafft es etwas Fanatisches zu haben. Sie erreichen den vor Angst erstarrten Mann in wenigen Herzschlägen, packen ihn an Hals wie ein Schlachthühnchen und drehen ihm, ohne Mühe den Hals um. Der panische Schrei erstirbt abrupt. Aber damit nicht genug, einer packt ihm am Kopf der andere an den Schultern. Ein widerliches Geräusch folgt, ein reißen und knacken, dass mir den Magen umdreht. Dann hält einer der Kolosse den Rumpf und einer den Kopf in den Händen. Letzterer ist über und über mit dunklem Blut besudelt. Der dunkelrote Lebenssaft unseres Kameraden bildet einen seltsamen Kontrast zu dem makellosen weißen Stein. Der mich an in der Sonne geblechte Knochen erinnert. „Männer weicht zurück!" höre ich mich selbst rufen, obwohl ich weiß, dass wir ihnen nicht entkommen werden. Von meinen verbleibenden Männern rennen zwei kopflos gen Süden aber die anderen ziehen sich geordnet zurück. Waffen erhoben und den Blick auf den Feind gerichtet, weichen sie langsam Schritt um Schritt zurück. Ich hatte erwartet, dass die Kolosse uns nachsetzen, dass der Boden unter ihren massigen Körpern erbet und sie über uns kommen wie hungrige Bären über Schafe. Aber der Herrin sei Dank bleiben sie auf Höhe der Obelisken stehen. Wie Hunde die ihr Revier verteidigen. Stumm und starr blicken sie uns nach. „Männer zu mir!" Als alle bei mir angekommen sind ziehen wir uns zu unseren Kamelen zurück. „Dafiri was machen wir jetzt?" fragt Alschid einer von denen die nicht hals überkopf geflohen sind. Das hatte ich mich auf dem Weg zurück auch schon gefragt. Aber es gibt nichts, was wir tun können. Mensch wie wir benötigen gegen solch einen Feind schwere Belagerungstechnik oder Weber. „Alschid, du, Machmud und Irmud reitet sofort zum Lager des Fürsten zurück und überbringt folgende Botschaft. Wir haben einen Tempel oder Grab gefunden und bitten gegen steinerne Wächter um Unterstützung durch einen Weber. Berichtet was wir gefunden haben und wo. Aber übertreibt es nicht, bleibt nüchtern und sachlich beim Berichten. Der Rest von uns bleibt hier, mal sehen, ob wir irgendwo Wasser finden."

[Aldan]

In der Stadt Bybolan, Anwesen der Tarsu Familie

Mein Vater erwartet mich in seinem Salon. Ein mit Vorhängen und edlen Teppichen geschmückter Raum. Der Raum zeigt auf elegante und geschmackvolle Weise den Reichtum seines Besitzers. Aber etwas ist heute seltsam, normalerweise sind immer Dienerinnen oder seine Ehefrauen, die Erfrischungen und Leckereien servieren im Raum, wenn er jemanden empfängt. Aber heute ist das anders, Wachen stehen vor den Türen. Der Raum ist leer, sogar die Gitter der Fußbodenheizung sind verschlossen. „Vater, ihr habt nach mir geschickt?" Er winkt mich zu sich. Seine kleine pummlige gestallt ruht auf einer gepolsterten Bank. Seine brauner Schnurbart ist gezwirbelt und gewachst. Sein Haupthaar ist heute unter einer Kopfbedeckung verborgen, wie sie der Zeit in Mode sind. Eine Mischung aus Turban und Mütze. Sein Gewand aus heller Seide ist mit Stickereien und kostbaren Steinen reich verziert. Er muss von einem wichtigen Treffen kommen, wenn er dieses Gewand trägt. Wahrscheinlich war er im Sonnenpalast. „Mein Sohn, es ist gut, dass du so schnell kommen konntest." Er erhebt sich knapp von seinem weichen Sitz. „Natürlich Vater, eure Nachricht klang dringend" Er nickt. „Das ist es auch. Aldan du warst letztes Jahr für mich in Schimbal." Ich bejahe. „Natürlich, ich habe dort eine Salzkarawane für euch in Empfang genommen." Der Schnauzer meines Vaters zuckt als er sich an den Profit erinnert, den das Salz gebracht hatte. „Du musst wieder dorthin reisen!" Dieser Wunsch überrascht mich. „Ich verstehe nicht Vater, ich dachte das Salzgeschäft habt ihr an

Salfur abgegeben, jedenfalls das operative Geschäft." Er winkt ungeduldig ab. „Das weiß ich selbst. Hör zu! Schimbal grenzt, wie du weißt, an die Salzfelder und an die Berge des Wehklagens. Dort verschwinden immer wieder Boten, Reisende und ganze Karawanen. Heute Morgen war ich im Palast und seine Majestät will, dass wir für ihn in Erfahrung bringen, was da unten im Südosten vor sich geht. Vielleicht bereitet sich Umkul auf einen Krieg vor, vielleicht ist es nur eine gut organisierte Räuberbande. Aber egal was es ist, du musst es herausfinden. Seine Majestät wünsch das das Licht der Erkenntnis in die Schatten dieses Geheimnisses strahlt." Zögerlich nicke ich. „Aber hat der Palast dort nicht überall Augen und Ohren? Der Sonnenfalke hat sicher schon seine Agenten in Stellung gebracht, die ihm bald Bericht erstatten werden." gebe ich zu bedenken. „Denk nach!" sagt mein Vater streng. „Wir sind bekannt Händler, unser Auftauchen in einer Stadt wie Schimbal ist unauffällig. Tue so, als ob du die Gefahren für eine neue Karawane abschätzen willst. Reise mit mindestens einem Dutzend Leuten denen du vertraust." „Vater was, wenn es wirklich nur Räuber oder Bergbewohner sind?" „Dann bring sie zur Strecke! Wenn es Umkul ist, dann brauchen wir gut Beweise. Tue das für mich und ich werde dich großzügig belohnen. An der Tür liegt ein Beutel mit Goldmünzen. Nutze sie, um Zungen zu lösen, die Verwaltung zu beschleunigen und um Klingen zu bezahlen, die die Übeltäter zur Strecke zu bringen." Ich versuche meine Erregung zu verbergen so gut es geht. „Natürlich Vater. Ich werde sofort mit den Vorbereitungen beginnen und morgen in aller Frühe aufbrechen. Wenn ich im Morgengrauen losziehe und alles gut läuft, bin ich in knapp einer Woche in Schimbal. Wir werden schon bald wissen wer die Handelsrouten unsicher macht." Sage ich zuversichtlich. Wir erörtern noch einige Details bezüglich der Route, Kontaktpersonen und der offiziellen Geschichte meiner Reise. „Ist noch immer der Hohepriester Apschabsu Herrscher der Stadt?" Mein Vater schüttelt den Kopf.

Der alte Tempel und die Weberin der Knochen

„Nein, der alte Fuchs ist vor zwei Monden gestorben. Vielleicht ist das der Grund oder der Auslöser für die Probleme. Der neue Hohepriester heißt Lampsuma. Er hat bisher die Kassen verwaltet, ein penibler Planer, was man so hört. Aber kein Apschabsu, doch glaube ich nicht, dass die Priesterschaft den Handel und ihre Einnahmen gefährdet, um einen Machtkampf mit externen Kräften zu führen. Das ist nicht ihr Stil. Geh jetzt mein Sohn, triff deine Vorbereitungen." Der Beutel ist schwer und klingelt hell und süß nach Goldmünzen. Es ist Vater anscheinend sehr wichtig, dass das Problem schnell verschwindet. Das muss ich auf jeden Fall nutzen. Ein schneller Erfolg bei dieser Mission, ein paar Wochen Abwesenheit. Es kann genau das sein, worauf ich seit langem warte.

Die nächsten Stunden verbringe ich damit Männer anzuwerben, mit denen ich schon gearbeitet habe und die nicht zimperlich sind. Wer weiß schon was getan werden muss. Nur für den Posten des Karawanenmeister sind alle Kandidaten, die mir einfallen, nicht verfügbar, weder Machmut der Sandläufer, noch Alsik das „ein Auge" von Salim, von Galafo ganz zu schweigen. Mehrere Leute, auf deren Meinung ich was gebe, haben mir Astavo Goldzahn empfohlen. Von diesem Mann habe ich aber noch nie etwas gehört. Also treffe ich diesen Kerl in der Trinkstube am Gewürzmarkt. Wie immer begleitet von meinem treuen Diener Jorgen. Es steht einem Mann wie mir nicht zu Bettler und Hungerleider allein zu vertreiben, außerdem ist er auch mein Leibwächter. Unsere großartige Stadt ist zu gefährlich für wohlhabende Bürger geworden, um allein unterwegs zu sein. Auf dem Markt preisen Verkäufer mit blumigen Worten ihre Waren aus allen Herren Länder an. Gewürze, Tees, Kräuter, Pulver in allen Farben des Regenbogens. Ich liebe es hier entlang zu schlendern, die Geräusche, die Dialekte und verschiedenen Sprachen aus allen Herren Ländern und vor allem die Gerüche. Das alles sauge ich in mich auf, hier schlägt das wahre Herz der

Stadt, nicht im hohen Turm des Lichts und auch nicht im Sonnenpalast. Hier wird das Geld verdient, dass der Palast und die Priester im Turm mit ihren Steuern und Zehnten an sich raffen. Hier ist das Fundament der Macht und Zivilisation von Bybolan. Nicht von ungefähr heißt es im Volksmund, wenn du suchst, ein Ding von nah oder fern geht nach Bybolan, die Stadt der Sonnen beschienenden Händler. Hier findest du alles, solange du Silber und Gold hast. Auf dem Weg quer über den Markt muss Jorgen mehrmals dem Stock benutzen, um die aufdringlichen Bettler zu vertreiben. Das Ärgernis wird auch immer schlimmer. Der Wein in der Trinkstube, auf die ich jetzt zusteuere, ist immer gut, er soll mit dem Schiff aus dem hohen Norden den Fluss hinaufkommen. Dunkel, voll im Geschmack mit Noten von dunklen Beeren und Kirschen. Der Innenraum der Trinkstube ist im Vergleich zum sonnenhellen Marktplatz dunkel. Der Geruch von Pfeifenkraut und Wasserpfeifen hängt in der Luft. Vermischt sich dort mit dem Aroma von starken Kaffee. Das ist für mich der Geruch nach Geschäften. Hier treffen sich Fernhändler, Reisende und viele andere, um in Ruhe Geschäfte zu machen. Man könnte sagen Geschäfte hängen in der Luft. Genau wie Gespräche in mindestens vier verschiedenen Sprachen und Mundarten. Neben einem offenen Gastraum, der immer gut besucht ist, gibt es noch einen hinteren Bereich. Dort gibt es mehrere Separees, die mit Tüchern verhängt werden, so wird ein wenig privater Raum geschaffen. Jedes Separee hat eine spezielle Farbe. Der Wirt, der mich und meine Ansprüche gut kennt, weist mir das gelbe Separee zu. Das ich immer belege, wenn ich hier Geschäfte mache. Dieses Separee hat, wie ich weiß den großen Vorteil das es in der Ecke liegt, so das von weniger Stellen gelauscht werden kann. Im inneren liegen viele Kissen rund um einen kleinen Tisch. Kurz nach dem die Kissen mich sanft umarmen und ein Krug des dunklen Weines auf dem Tisch steht, kommt mein Gast. Ein kleiner, hagerer Kerl mit stierenden Augen, einer Nase die krumm ist und einem verschlagenen Lächeln, das zwei goldene Zähne zeigt. „Herr der goldenen Angebote, man sagt ihr wollt mich sehen?" fragt er nach dem er sich auf die Knie niederließ. Nickend bestätige ich. „Setz dich!" Er kommt der Aufforderung nach. „Mir wurde zu getragen du hast Erfahrung als Karawanenmeister?" Er lächelt wieder, ich kann mir nicht helfen aber sein Lächeln hat etwas Schlangenartiges. „Oh Efendi Erfahrung? Ich habe die Karawanen von Nord nach Süd und von Ost nach West geführt. Ob Berge oder Wüsten. Astavo kennt sie alle. Das Wasser, das ich nicht kenne, ist noch nicht vergraben." Die Ausdruckweise mit all dem Übertreibungen und bei Namen ist typisch für Schimbal und die Siedlungen jenseits der Berge. „Du kennst also die Strecke nach Schimbal und das Umland, die verstreuten Oasen und Dörfer?" frage ich ihn, um sicherzugehen. „Aber natürlich, diesen Weg kenne ich besser als die Taschen meines Gewandes. Oh Wissbegieriger. Ich werde euch sicher in die schützende Umarmung der Stadt des Salzes bringen." Gut aber bis dahin sind viele Karawanen unterwegs, diese Strecke ist also vielen bekannt. „Wie sieht es in den Gebieten südlich und nördlich der Stadt Schimbal aus? Hast du da Bekannte?" Wieder lächelt mein gegenüber. „Oh Herr der Zweifel mein Name ist an vielen Feuern der Bergstämme bekannt und in jeder Oase kann euch Astavo Türen öffnen." Selbst wenn nur die Hälfte wahr ist, sollte der Kerl nützlich sein. „In Ordnung Astavo Goldzahn ich werde deine Dienste für mindestens drei Wochen benötigt. Eine Woche nach Schimbal, meine Geschäfte dort und den umliegenden Siedlungen sollten eine weitere Woche dauern. Danach eine Woche für den Rückweg." „Oh Sohn der Geheimnisse wollt ihr mir sagen, was eure Geschäfte sind, damit ich meine bescheidenen Fähigkeiten und Kontakte gezielt in eure Dienste stellen kann." Wenn ich es ihm nicht sage, dann könnte er abspringen, dann kann ich mich auch nicht auf seine Verschwiegenheit verlassen. Andererseits sollte er nicht allzu viel wissen, ich kenne ihn nicht. „Eine

Räuberbande macht die Salzstraße rund um Schimbal unsicher. Das stört meine Interessen und Geschäfte. Ich will die Köpfe dieser Räuber auf den Lanzenspitzen meiner Männer und ihren Anführer in Ketten" „Oh Sohn des Sieges, Meister der Scharen mit meiner Unterstützung werden eure Feinde schon bald Stahl und Eisen schmecken." Jetzt beginnen die längsten und wortreichen Sold Verhandlungen, die ich bis dahin erlebt habe.

2. Kapitel: Pläne und Vergnügen
[Laran]

In den Bergen des Wehklagens, nahe dem Tal des alten Tempels

Drei Tage, nachdem wir diesen Tempel oder was bei der Herrin der Wüste und ihren Richtern es auch immer ist, was wir gefunden haben, kehren meine Männer zurück. Zusammen mit einem ganzen Zug aus Reitern und Packtieren. Die meisten Reiter tragen die lange, sandfarbenen Tracht wie wir. Hier draußen soweit weg von der Hauptstadt und Reich tragen sie keine Wappen, keine Banner. Sie sind namenlose Geister fern der Heimat. So wie es meinem Volk seit Generationen ergeht. Es sieht so aus, als wäre kein Weber, kein Meister der Magie bei ihnen. Erst als sich einige Personen aus dem Trupp lösen, von ihren Kamelen steigen und sich den hellen Staub der Wüste aus den Gewändern klopfen, erkenne ich die Weber. Sie sind zu dritt. An ihrer Spitze unser erhabener Fürst selbst. Ein Mann in einem grauen mit Leder verstärkten Reisegewand mit einem prächtigen Gürtel aus geflochtenen Silberfäden. Sein dunkles von vielen grauen Strähnen durch wirktes Haar fällt ihm unter seine weihten Kapuze offen und dicht über die Schultern. Der Bart ist lang, reicht ihm bis über die Brust. Genau wie sein Haar ist auch der Bart von hellen strähnen durchsetzt. Seine Figur ist, so vermute ich eher schmal aber durch die breiten, versteiften

Schultern seines Gewandes ist das schwer zu sagen. Als er die Kapuze ganz zurückschlägt sehe ich sein Gesicht. Die dunklen Augen schauen herrisch auf meine kleine Scharr. Sie haben etwas falkenhaftes. Unter ihrem Blick fühle ich mich gleich wie eine Maus unter dem Blick des Adlers. Falten rund um die Augen und den Mund, halb verborgen unter der hellen Staubschicht, sprechen von einem Menschen, der gerne lacht. Sofort als meine Augen ihn erkennen, lasse ich mich in den Staub fallen. Ein Fürst im Felde ist Herr über unser Leben, unseren Tod und unsere Gebeine. Sein Wille ist unser Gesetz, er oder sie verkündet den Willen der Königin der 1.000 Blätter. Eine melodische und ganz eindeutig weibliche Stimme erhebt sich in der Stille. „Ich habe die Ehre Fürst Jolga, Meister von Bein und Fleisch vorzustellen." Die Worte sagen mir das ich den Blick heben soll, so dass ich sehe, wer mir vorgestellt wird. „Und dies ist sein erster Schüler Maskir ibn Dorga." Ein breit gebauter Kerl in einer schlichten Ausführung der Robe des Fürsten steht einen Schritt rechts hinter dem Fürsten. Ansonsten sieht der Kerl eher so aus als gehöre er zu uns Infanteristen. Sein Gesicht ist breit und irgendwie derb, seine Haut Kupferfarben und bartlos wie die eines Eunuchen. Sein Blick ist überheblich. In vielerlei Hinsicht der typische Weber in meinen Augen, was sein Auftreten angeht. Der erste Eindruck sagt mir, dass ich ihn lieber aus dem Weg gehen sollte. „Und ich bin Azzarena, die zweite Schülerin des Fürsten." Die Sprecherin ist ebenfalls grau gekleidet jedenfalls der Rock oder Kleid, das unter dem weiten hellen Überwurf oder Poncho hervorschaut. Die weiten grauen Ärmel sind ab der Hälfte der Unterarme mit grünen Bändern umwickelt und stecken in ebenfalls grauen Handschuhen. Der Kopf ist mit einem Kopftuch umwickelt und ihr Gesicht hinter einem Schleier verborgen. Ihre Stimme ist trotzdem deutlich zu hören. Der einzige Teil ihres Gesichts, das zu sehen ist, ist ein kleiner Teil ihres Nasenrückens und die Augenpartie. Die Haut sieht seltsam hell aus oder ist hell geschminkt. Die Farbe ist irgendwas zwischen dem lebendigen weiß von Milche und dem kalten, toten Weiß der eisigen Gipfel der Knochenberge. Jetzt erhebt der Fürst das Wort. „Wer ist der Dafiri?" „Ich mein Fürst" antworte ich sofort. „Seine Leute haben berichtet er sei auf zwei Ewige Steinwächter getroffen. Diese haben einen seiner Leute getötet?" Ich schlucke einen Kloß im Hals runter. „Ja mein Gebieter und immer, wenn wir uns der Stelle nähren, kommen sie wieder aus ihrem Versteck. Außerdem konnten wir ein Lager der Bergstämme aufspüren, dass an der einzigen Wasserquelle in der Umgebung liegt. Etwa eine halbe Stunde entfernt. Ein kurzes nicken. „Gut zeige er mir jetzt den Tempel."

„Schüler was haltet ihr davon?" Der Fürst steht etwa zehn Schritte von den Obelisken entfernt. „Dorga?" „Der Stein ist vor langer Zeit bearbeitet worden. Der Sand hat begonnen die Obelisken anzugreifen. Der Tempel sieht für mich mit den Säulen und Figuren aus wie die Bauten aus der Epoche der Oasenkönige." Dabei wandert der Blick des Schülers immer wieder zwischen der Fassade und dem Gesicht seines Lehrers hin und her, als wolle er Bestätigung für seine Vermutungen. Der Fürst hört schweigen zu. Als klar ist, dass Dorga nichts mehr sagen will oder kann, wendet der Fürst sich nach links. „Schülerin?" Die Frau spricht mit fester Stimme, nicht wie ihr Mitschüler. Sie ist sich absolut sicher das, dass was sie sagt, richtig ist. „Das Bauwerk ist aus der Oasenkönig Ära. Aber das Motiv der gesichtslosen Priesterschaft als Anspielung an die zwölf erhabenen Richter kennen wir erst ab Grisviro dem dritten seines Namens. Diese Säulenkapitelle zeigen Schlangenmuster, die aus den südlichen Ländern kommen. Beides zusammen sagt mir, dass das Bauwerk etwa einhundertachtzig bis zweihundert Jahren alt ist und das heißt es könnte der Tempel sein, den ihr sucht, Gebieter. Die Obelisken und die Wächter sind randvoll mit der verderbten Lichtmagie der Fanatiker aus dem Westen. Ich habe von anderen Spielarten der Kunst gelesen, aber nur die

Lichtkunst verwendet solche seltsamen Muster. Keine andere Spielart der Kunst würde auf die Idee kommen lebende Seelen an toten Stein zubinden. Ich vermute, dass die Obelisken die Anker der Muster sind, die die Wächter kontrollieren. Um sicherzugehen, sollten die Obelisken ausgegraben werden. Wenn wir die Runen darauf komplett entschlüsselt haben, könnte man die Musterauflösen und die Seelen auf ihre Reise zu den Richtern schicken. Wie es die erste Prophetin fordert. Das Äußere der Wächter sieht wie Nachbildungen umkulischer Tempelwächter aus. mythische Elite Krieger, wenn ich den Berichten in der Bibliothek glauben kann. Die Kombination aus Lichtmagie und umkulischen Kriegern ist eindeutig. Die beiden Städte haben in der Geschichte nur sehr selten zusammengearbeitet. Das letzte Mal als hre vereinten Armeen das Oasenreich zu fall brachten." Den Vortrag beendet sie mit einer angedeuten Verbeugung. „Dorga du studierst länger als sie. Du solltest dein Wissen erweitern, wir sind Bewahrer des Wissens und Verteidiger unsere Traditionen." Der Angesprochene verneig sich. „Ja mein Fürst, ich werde meine Studien der Geschichte intensivieren. Dabei wirft er seiner Mitschülerin einen giftigen Seitenblick zu. „Schülerin nimm dir die Späher, die das hier gefunden haben, sowie zwei meiner Klingen und erobere die Wasserquelle. Bring mir Gefangene, die ich befragen kann und die wir für die Arbeit hier benutzen können." Danach wendet er sich dem Tempel oder Grab zu, ohne seine Umwelt auch nur eines weiteren Blickes zu würdigen.

Etwas später steht meine Einheit, meine Klinge zusammen mit zwei weiteren, die unter dem Kommando eines Kasliks stehen und der Schülerin oberhalb des Tales. Ich habe ihnen erklärt, wo die Wasserquelle liegt und wie das Dorf der Berger aussieht, soweit wir das bisher ausspähen konnten. „Ihr sagt das Dorf hat

Der alte Tempel und die Weberin der Knochen

mindestens Zweihundert Bewohner?" Ich nicke dem Kaslik zu. „Ja, aber ich gehe eher von Zweihundertdreißig aus, so dass wir wohl mit hundertvierzig Bewohner planen müssen, die sich zur Wehr setzen werden. Ich bete zur Herrin, dass sie nicht von jemanden angeführt werden, der die Fäden weben kann, eine Schamanin oder ein Priester." Der Kaslik schnaubt verächtlich. „Habt ihr Angst Dafiri? Obwohl was soll man auch von euch halten, eure Klinge ist verdammt klein und euer Zögern wirkt wirklich feige." Innerlich treffen mich diese Worte, aber ich zwinge mich ruhig zu bleiben. Jetzt aus der Hautzufahren würde mir nichts als Ärger einbringen. „Wie ihr meint Kaslik, ich möchte nur meine Erfahrung einbringen." „Unsinn, wir machen einen Reiterangriff, werden sie damit überrumpeln. Dann kann unser Fürst sich seine Gefangenen aussuchen." Der Kerl lacht daraufhin, als sei die Arbeit schon vollbracht. Ich schüttle bei so viel Dummheit nur leicht mit dem Kopf, sage aber nichts mehr. „Dafiri, wie würde er vorgehen, da er mit dem Plan von Kaslik Alguts nicht glücklich zu sein scheint." Fragt die sanfte und wohlklingende Stimme der Schülerin unter ihrem Tuch, welches Mund und Nase immer noch bedeckt. „Herrin, mit unseren Kamelen können wir nur eine schmale Rampe in das Lager nehmen. Ein Angriff mit fünfzig Reitern, bei Tageslicht kann so nicht überraschend durchgeführt werden. Mein Vorschlag, wäre nachts das Lager zu umzingeln. Die Posten überwältigen, wenn wir dann alle in Position sind, von allen Seiten gleichzeitig zuschlagen. Dunkelheit, die Verwirrung durch die Überraschung und von allen Seiten Lärm und Gebrüll. Die Berger werden uns für eine ganze Armee halten. Aber vor allem müssen wir die Quelle sichern, die Berger könnten versuchen sie zu vergiften, wenn wir sie zurückdrängen." Ich ende mit meinen Ausführungen, ein Teil von mir wünscht sich das diese gewürdigt und so umgesetzt werden. Ein anderer Teil weiß das, wenn dies geschieht mir der Kaslik das nicht verzeihen wird. „Kaslik, eure Einschätzung des Vorschlags?" Er wirft sich in Pose, beton seine breite Statur, um kriegerisch zu wirken. Anscheint trägt er nicht oft weiten Kleider für Wüstenreisen, denn unter diesen ist vom Körperbau so oder so nicht viel zu sehen. „Herrin, wenn wir Glück hätten und alle Posten erwischen bevor die Alarm geben könnten, hätten wir immer noch drei oder vier Angriffstrupps, welche sich nicht unterstützen könnten, sollten die Berger doch eine Verteidigung organsiert bekommen, könnten sie unsere Trupps dann einen nach dem Andren aufreiben. Während sie uns andere mit wenigen Kämpfern blockieren. Aber von Taktik versteht eine Wüstenräuber halt nichts." Dabei ernte ich einen erst giftigen, dann triumphierenden Blick. Er ist sich sicher, dass sein Plan ausgeführt wird. Immerhin ist sein Rang höher als meiner und sein Stand wohl auch. Jetzt kocht meine Wut doch hoch. „Atrast Mando'a. Ich bin kein ehrloser Wüstenräuber. Aber der Angriff erfordert gute Infanterie. Die schnell angreifen, eine Verteidigungslinie bilden und dann wieder zurück in die Offensive wechseln kann." „Du bist nur ein Dafiri. Dir sollte klar sein, dass du einem höheren Offizier nicht widersprechen darfst. Dafür sollte ich dich gleich hier verprügeln lassen." „Ruhe!" Die Stimme der Schülerin ist nicht laut geworden und trotzdem unterbricht sie mühelos den Streit. Ihr strenger Blick wandern von einem zum anderen. Mir fällt auf das ihr Augen tiefgrün sind. Sie wirken wie zwei Oasen mitten im ewigen Eis der Knochengipfel. Obwohl ihr Blick jetzt so kalt ist wie dies Gipfel. „Ich wünsche das wir den Plan des Dafiri durchführen. Dafiri, er wird den Trupp führen, der die Quelle sichert! Er haftet mir mit seinem Kopf, dass die Quelle nutzbar bleibt. Kaslik sollte einer eurer Männer, absichtlich oder nicht den Überfall vermasseln steht ihr dafür grade. Dafiri erkläre er uns genau wie er das Dorf umgehen und angreifen will." Ich beginne Skizzen in den Sand zu zeichnen. Dabei ignoriere ich so gut wie möglich die vernichtenden Blicke des Kasliks. Bald werden wir Mando wieder den Boden dieser Berge mit dem Blut unsere Feinde tränken. Blut für das Westblut, zu Ehre der Ahnen und unserer alten Heimat.

[Aldan]

Stadt Bybolan

Es dauert den ganzen Tag, Reit- und Packtiere zu besorgen. Wasser, Vorräte und Ausrüstung zu beschaffen und zu verpacken. Außerdem muss ich Vorkehrungen für meine Abreise treffen. Ansonsten nutzt einer meiner Brüder oder ein Konkurrent es aus, dass ich wochenlang abwesend bin. So kehre ich erst spät zurück in mein Haus. Es ist keine große Villa wie da Familienanwesen. Doch gehört es mir allein. Es hat zwei Etagen. Eine schön bemalte Front. Es ist mein Refugium abseits meiner Brüder und der Hausdiener. Ich schicke einen Diener los, um mir was zu essen aus der Küche zu holen, während ich in meine Gemächer gehe. Schon auf der Treppe nach oben, höre ich Suri wie sie die Harfe spielt. Sanfte Klänge verschmelzen zu einer schönen, sich immer wieder verändernden Melodie. Ihr Spiel werde ich in den nächsten Wochen vermissen und nicht nur das. Die dunkle, schwere Holztüre mit den Verzierungen schwingt lautlos in ihren gut geschmierten Angeln auf. Mein Gemach wird von einem großen Bett dominiert, kunstvolle Schnitzereien schmücken die dunkle Holzumrandung und die soliden Pfosten, die den Himmel tragen. Auf allen Holzteilen des Bettes tummeln sich Bauchtänzerinnen, verführerische Flaschengeister und süße Nymphen. Die hellblaue Seide des Himmels und der Vorhänge bildet dabei einen schönen Kontrast zum dunklen Holz, der Möbel und Fensterläden. Der Erker des Raums ist mit einer Sitzgruppe und vielen Kissen gefüllt. Dort sitz auf einem Schemel, versunken in ihre Musik Suri. Ihre zarten Hände fliegen über die Saiten wie Vögel im warmen Wind über unsere schöne

Stadt. Der mit Teppichen ausgelegt Boden schluckt die meisten Geräusche meiner Schritte. Die Melodie steigert sich in Höhe und Tempo bis sie einer Tänzerin gleich die einen schnellen, fast hektischen Tanz aufführt nur um dann in einer letzten Verbeugung zu verharren. „Das war sehr schön Suri." Sie fährt erschrocken mit dem Kopf hoch. Ihre großen braunen Augen sind vom Schreck geweitet. Ihr schwarzes Haar fällt ihr offen auf die Schultern und umrahm das ebenmäßige Gesicht mit der süßen Nase, in der ein in Gold gefaster Diamant steckt. Ihre Augenbrauen hat sie abrasiert und durch schwarze Schminke ersetze. Auch der Schwung ihres sinnlichen Mundes wird durch Schminke betont. Das Kleid, dass ich ihr geschenkt habe, scheint im Licht der Öllampen wie Gold zu schimmern. Sie erhebt sich elegant, flüssig. Um dann genau so elegant und flüssig in einen tiefen Knicks zu fallen. Nach drei Herzschlägen erhebt sie sich wieder. „Gebieter endlich. Ich habe mir schon sorgen um dich gemacht." Sie kommt zur mir schmiegt ihren schlanken Leib an meinen, bevor sie mich küsst. Meine Arme umfangen sie, packen ihren strammen Hintern. Ein Hauch von Blumen umgibt sie, stelle ich am Rande fest. Mein Haupt Interesse liegt allerdings darin diese roten sinnlichen Lippen zu küssen. So vergehen endlose wundervolle Momente. „Gebieter meines Lebens, du scheinst einen erfolgreichen Tag gehabt zu haben, wenn du deiner unwürdigen Sklavin eine solche Begrüßung schenkst." Kichert sie gut gelaunt. „Möchtest du mich nicht an deinem Tag teilhaben lassen, Herr des Wissens." Ich kann meine Euphorie nicht verbergen und will das auch gar nicht. Der Geschmack ihrer Lippen ist noch auf meiner Zunge, ihr Duft noch in meiner Nase. Süße Erinnerungen steigen in mir auf, die ich gerne erneuern will. „Oh Inbegriff der Schönheit" Ahme ich ihre Sprechweise nach. „Zeig mir erstmal, wie sehr du mich vermisst hast." Wobei mein Grinsen wohl kaum misszuverstehen ist. Sie zieht einen Schmollmund. „Herr meiner Freunde, du erweist deiner Dienerin große Ehre das sie dir zeigen darf, wie sehr sie dich vermisst hat. Würdest du mir gestatten, dass ich erst für dich tanze, um meiner Freude Ausdruck zu verleihen das du sicher und wohlbehalten zu mir zurückkehrt bist? Oh, Gebieter der Sinnlichkeit." Ich bin schon fast geneigt ihre Bitte zurückzuweisen, denn eigentlich möchte ich nur zwischen ihre Schenkel und zur Feier des Tages vielleicht auch noch wo anders hin. Mal schauen, wie es sich entwickelt. Anderseits wenn ich ihre Bitte nachkomme, ist sie gefälliger, ihr Schoß feuchter und die Vereinigung leidenschaftlicher. So stimme ich ihrer Bitte im eigenen Interesse zu. „Tanz für mich meine Suri, tanz für mich." Einen Moment steht sie ganz still, scheint einer Melodie zu lauschen die in ihrem Kopf erklingt, wiegt ihren schlanken Körper wie eine Schlange hin und her. Der Tanz beginnt mit einer Verbeugung, so dass ich vom Bett, auf dem ich inzwischen Platz genommen habe, tief in ihren Ausschnitt sehen kann. Der Tanz führt sie hier hin und dort hin endet immer wieder in sinnlichen Bewegungen in den sie alle Teile ihres Körpers berührt. In diesen Berührungen schält sie sich Stück für Stück, langsam und sinnlich aus ihrer Kleidung. Als sie endlich nur noch ihr Höschen anhat, mit ihrem Tanz ihre langen Beine betont und nun immer wieder sinnlich über ihre kleinen festen Brüste streichelt. Ihre Hände über und unter ihr Höschen rutschen lässt und ich meinen Blick nicht mehr von ihr losreißen kann. Grade in diesem Moment kommt, der verflucht Diener mit dem Essen rein. Der Tanz kommt abrupt zum Ende. Suri lässt sich auf das Bette fallen um ihre Reize, die nur mir zustehen, zu verdecken. „Herr das Essen, habt ihr sonst einen Wunsch?" Der Diener tut so als habe er gar nicht bemerkt das im Raum Suris Kleider verstreut liegen. Das eine sehr schöne fast nackte Frau auf meinem Bett liegt. „Nein, verschwinde und klopf das nächste Mal gefälligst an Jafar! Aber morgen möchte ich früh geweckt werden. Ich will mit dem ersten Tageslicht aufbrechen." Mit einer Verbeugung und einem „Sehr wohl Herr." Verlässt der alte Diener den Raum. Die Tür schließt sich geräuschlos. Suri liegt immer noch auf dem Bett, ihre kupferfarbene Haut glänzt vor schweiß. Jetzt ist es genug mit vornehmer Zurückhaltung. Schnell streife ich meine Kleidung ab, packe das Stückstoff das mich von meinem Ziel abhält. Mit einem kurzen starken ruck reiße ich es runter. Suri schreit kurz überrascht auf, aber sie weiß auch das es jetzt keine entkommen mehr gibt. Dafür wärmt sie mein Bett schon lange genug. Grade als ich mich auf sie legen will überrascht sie mich. Sie bewegt sich einer Schlange gleich über die Laken, schiebt mir ihren Po entgegen, bis sie mit gespreizten Beinen vor mir kniet. Die Lippen ihrer Weiblichkeit sind leicht geöffnet, eine feuchte glänzender Verheißung der Lust. Heute Abend genieße ich es alle rechte bei ihr zuhaben. Auch wenn ihr der letzte Teil nicht sonderlich gefällt. Als ich befriedigt bin, rolle ich mich neben meine Suri. Meine Hände streicheln ihre zarte Haut. „Hat dir das gefallen meine Kleine?" Sie antwortet nicht sofort. „Dein Ausritt in meine Oase der Lust war eine Wonne, ein Vergnügen für deine Dienerin Der Rest war eine Pflicht." Wieder eine Pause. „Deine untertänigste Liebesdienerin wäre dankbar, wenn du sanfter mit ihr umgehen würdest." Erst jetzt schaut sie mich an, ihre dunkle Schminke um die Augen ist verlaufen, ihr Gesicht Tränen nass. Sanft streichele ich über ihr Gesicht und wische die schwarzen Tränenspuren weg. „Einverstanden das nächste Mal machen wir es sanfter. Alles in Ordnung?" frage ich peinlich berührt, ich wollte ihr nicht wehtun habe mich nur von meinem Verlangen nach ihrem Körper hinreißen lasse. „Es geht schon, Herr meiner Freuden." Sie lächelt tapfer. Dann erzähle ich ihr von meinem Tag, den Gelegenheiten, die sich ergeben haben. „Herr der weitreichenden Pläne jetzt verstehe ich deine Erregung. Die Götter eröffnen dir eine Chance, eine Möglichkeit deinen Ruhm und Ansehen zu mehren. Dich über eure Brüder zu erheben." Sie beginnt sich an mich zu schmiegen. „Ja, obwohl es gut wäre, wenn diese beiden Hyänen sich gegenseitig zerfleischen würden. So dass der überlebende geschwächt wäre." Sage ich mit Nachdruck. „Herr der sanften Berührung, wenn du mich so lange allein lassen musst, würde ich euch gerne noch einmal in mir willkommen heißen." Haucht mir meine Schöne zu, bevor ihre Lippen, die meinem Finden und ihr nackter Körper sich an mein schmiegt.

3. Kapitel: Die Nacht aus Blut und Schrecken
[Laran]

Berge des Wehklagens, äußerer Rand eines Bergerdorfes.

Meine Klinge musste ich in drei Trupps aufteilen, eine für jede Angriffseinheit. Das Tal hat fast eine Tropfenform, wobei die Quelle an der Spitze liegt. Der breite Teil des Tropfens beherbergt das Hauptlager. Am Ende verjüngt sich der Tropfen wieder, so dass der direkte Zugang sehr schmal ist. Nur die Götter wissen, wie solche Täler entstehen. Während das Auskundschaften ist mir aufgefallen das es an den Rändern des Kessels mehrere Stellen gibt an denen Männer relativ leicht runterkommen können. Die arroganten Berger denken sie wären sicher in unseren Bergen, aber bald werden sie dafür bezahlen, was ihre Vorfahren getan haben.

Wir sind in Position, die Wachen der Berger haben uns nicht bemerkt. Sie scheinen halb zu schlafen. Von den Hängen ist Geröll abgerutscht, auf diesen Halden liegt mein Trupp. Dreißig Männer, zehn von meinen eigenen der Rest sind Männer aus Haustruppe des Fürsten. Das tropfenförmige Tal liegt unter uns. Mehrere Wachfeuer brennen, tauchen das Lager in gespenstische Schatten. Aus den Beobachtungen der letzten Tage weiß ich das mehrere Wachen entlang der Lagergrenzen patrouillieren. „Jarma, Nef. Rechts vom Feuer und da beim großen Zelt. Das sind eure Ziele. Seit Schatten, lautlos und schnell!" Sofort nach meinen geflüsterten Befehlen schleichen sie lautlos wie Schlangen durch die Nacht um den Tod zu den Wachen zutragen. Bange Momente folgen, in denen ich darauf warte, dass die Wachen aus den Schatten heraus erdolcht werden. Begleitet wird das Warten allerdings auch von der Angst das etwas schiefgehen könnte. Ein Ruf, ein Missgeschick, bevor wir alle drei Trupps in Position haben, und es wird ein blutiger Kampf. „Ihr Geister unserer Ahnen führt meine Männer heute unbeschadet durch diesen Kampf. Ihr Ahnen leitetet auch mich in der Schlacht." Die Wache rechts kippt um und verschwindet sofort in der Dunkelheit zwischen den Zelten und Jurten, auch die Wache am großen Zelt sackt plötzlich zusammen. Gut damit sollte diese Seite frei sein. Die Weberin mit ihrem Trupp wird den Angriff eröffnen, damit heißt es jetzt warten. Meine Sinne sind aufs äußerste gespannt, jedes kleinste Geräusch kommt mir wie ein lauter Schrei vor und das Rauschen meins Blutes in den Ohren wie Orkan. Am Pochen meines Herzes merke ich das die Zeit langsam voran schreitet. Wann greift die Weberin endlich an? Einen Moment später ist die Antwort auf diese Frage obsolet. Auf der gegenüberliegenden Seite des Dorfes, dort wo der Kaslik angreifen soll, erschallt der Ruf eines Wächters. „Mögen die Richter die Seele des Trottels, der sich hat erwischen lassen, dafür hundert Jahre in die qualvollste Hölle schicken." Fluche ich. „Männer! Auf meinem Befehl macht so viel Krach wie möglich und dann Angriff." Mit diesen Worten springe ich auf, das Warten hat ein Ende. „Blut! Blut für das Westblut!" schreie ich den Schlachtruf meines Volkes aus voller Kehle und stürme los. Gefolgt von den Schlachtrufen und Gebrüll meines mir folgenden Trupps. Im Lager herrscht Chaos. Überall strömen Berger aus den Zelten und Jurten. Sie sammeln sich bei dem Wachfeuer, wo der Ruf der Wache herkam, nur um sofort kehrt zu machen, um sich in unsere Richtung zu wenden, als wir wie toll brüllend den Hang hinunter stürmen. Als die Verteidiger zur Hälfte durch Dorf sind greift der Trupp des Kasliks an. Der Zusammenhalt des Pulks

Der alte Tempel und die Weberin der Knochen

bricht auseinander jetzt, wo sie zwei Seiten verteidigen müssen. In zwischen halt unser Ruf von allen Seiten des Tales, verstärkt durch die Echos, wieder. Es klingt, als wenn drei Mal mehr Männer den Angriff führen. Mit einer Handvoll meiner Männer eile ich zur Quelle, während der Rest direkt die Schlacht beginnt. Die Alten berichten davon, dass die Berger alles Wasser und alle Quelle vergiften, wenn sie eine Position aufgeben müssen. In diesem, unserem Land ist Wasser das höchste Gut. Am Eingang der kleinen Höhle, in der sich die Quelle befindet, stehen vier Wachen. Doch blicken sie unsicher von einem Dorfrand zum anderen. Als wir in den schwachen Schein eines Feuers treten, wenden sie sich zu um. Ihre Haltung verrät Angst, genau wie ihre Gesichter als wir nahe genug sind, um das zu erkennen. Den Angriff beginne ich aus vollen lauf, ohne darauf zu warten, was meine Gegner tun, stürme ich an dem Ersten, der vor Angst erstarrt ist vorbei, ramme dem zweiten meinem Sperr in den Unterleib, bevor dieser überhaupt begreift das ich ihn angreife. Schreiend geht der Junge, den viel mehr ist er nicht, zu Boden. Dunkles Blut quillt aus der Wunde als ich meine Waffe aus seinem Leib befreie. Hinter mir ertönt ein weiterer Schrei, klingt so als haben meine Männer den anderen Jungen überwältigt. In ein paar Herzschlägen haben wir die Hälfte der Wachen erledigt. Im Dorf hinter uns erklingen Kampfgeräusche und unendlich viele Schreie. Kriegs- und Schmerzensschreie, gebrüllte befehle und Stimmen die Verzweifelt Namen rufen. Eine laute dissonante Kakofonie des Krieges. Alles durch den Widerhall der steilen Hänge verstärkt. Vor mir stehen noch zwei Wachen ein älterer Mann mit dunklem Schnauzer und kleine Augen die wie schwarze Steine wirken. Das rundliche Gesicht ist Wetter gegerbt an seinem linken Ohr fehlt ein Stückchen. Seine Haltung als er mir mit Axt und einem Schild aus Korbgeflecht entgegen tritt sagt mir das er kampferfahren ist. Der andere ist eben so jung wie die, die wir getötet haben. Er ist drahtig und klein, das Gesicht ist vor Angst blass und weist keine Besonderheiten auf,

Der alte Tempel und die Weberin der Knochen

die meinem vom Adrenalin gefluteten Verstand auffallen würden, nur sehr viel Angst, seine Hände, die eine kurzen Speer halten, zittern wie Blätter im Sturm. Beide Wachen tragen weite Gewänder in den rötlichen Erdtönen unserer Berge. Der Junge trägt einen Stein an einer Schnur um den Hals. Jetzt fällt mir auf, dass der Alte auch so einen Stein trägt, allerdings ist seiner an eine Kette befestigt, die mit Knochen, Zähnen und Federn geschmückt ist. „Männer nehmt euch den Kleinen als erstes vor!" sage ich in den Zungen der Karawanen in der Hoffnung das sich der Alte schützen vor den kleinen stellt. Doch er reagiert nicht, wahrscheinlich hat er mich nicht verstanden. Mit der linken Hand gebe ich daher den Befehl das meine Soldaten mir mit dem alten helfen sollen. Es gibt genug Männer, die ihre Feinde allein besiegen wollen, das ist zwar ehren voll. Aber in einer Schlacht sollte man seine überlegene Zahl nutzen. So beginnt der Kampf, Angriff, Parade, Finte ausweichen, Angriff. Der Mann ist gut, doch sein Kamerad ist es nicht, lässt sich Stück um Stück von ihm weglocken, während wir ihn mit Attacken festnageln. Jetzt wo wir Platz zur Bewegung haben, ist es der Kampf schnell vorbei. Erstfällt der unerfahrene Junge, dann unter den Speeren von Vier von uns auch der Veteran. Die Legenden Berichten gern, wie ein Mann ganze Armeen aufhält. Aber in einem realen Kampf, da kann ein Mann gleichzeitig vielleicht gegen zwei antreten. Wenn diese nicht wissen, was sie tun oder nicht aufeinander eingespielt sind. Gegen mehr auf einmal ist da der sichere Tod. „Jamir, Kolaman ihr passt hier auf das keiner das Wasser vergifte. Jama und der Rest von euch wir müssen das Lager einnehmen."

[Rabia]

Berge des Wehklagens, äußerer Rand eines Bergerdorfes.

Der alte Tempel und die Weberin der Knochen

Ich hoffen nur das der Kampf gut verläuft, es ist das erste Mal, dass mein Meister mir das alleinige Kommando gegeben hat. Bisher war ich bei Militäraktionen wie dieser immer nur seine Befehlsempfängerin. Vor mir sehe ich den widerschein der Wachfeuer, die langen Schatten von den Zelten, Jurten und den Patrouillen. Ich habe die Mando die, meinen Trupp geführt haben, habe ich losgeschickt um sich um die Wachen zu kümmern. Als sie aus der Dunkelheit wieder auftauchen und mir mit einer tiefen Verbeugung und flüsternd berichten das sie den Befehl ausgeführt haben, will ich grade den Befehl zum Angriff geben. Da nimmt das Verhängnis seinen Lauf. Auf der rechten Seite ruft eine Wache eine Warnung, die sofort von anderen Kehlen aufgenommen wird. Auf einmal scheint es im Lager nur so vor Bewegungen zu wimmeln, Rufe ertönen. Das Lager ist gewarnt. Wenn ich herausbekomme, wer das vermasselt hat, wird sich bald wünschen nie geboren zu sein. Ich werde ihm ein Vorgeschmack auf die Quallen der schlimmsten Hölle geben. „Kazar! Kazar at Galoch Kazar" Der kehliger Schrei voller Hass und Wut erschallt von der linken Seite, gefolgt von wildem Gebrüll, der Angriff hat begonnen. „Alle Mann Angriff!" befehle ich, das hatte ich mir anders vorgestellt, ich sollte den Angriff anführen und niemand anders, auch dafür wird jemand büßen. Jetzt Rufen auch meine Mando diesen seltsamen Schlachtruf, „Kazar! Kazar at Galoch Kazar" den ich nicht verstehe. Aber immer mehr Kehlen nehmen ihn auf, er wird von den Wänden zurückgeworfen, schon klingt es, als habe ich ein kleines Heer blutrünstiger Mando in die Schlacht geschickt. Den Soldaten ist glaube ich egal, was sie brüllen, solange es nur martialisch genug klingt. Im Abstand von zwei Dutzend Schritte folge ich den Soldanten, zu den ersten Leichen. Der erste tote Körper, den ich im Licht des Feuers sehe, ist ein junger Mann. Er liegt auf dem Rücken, seine Brust wurde von mehreren Speeren durchbohr. Sein Blick starrt in die Dunkelheit der Nacht und aus seinem Mund zieht sich ein dunkler Faden Richtung Boden. Er schein gutes Rohmaterial für meine Kunst zu sein. Mit einem Gesang, der vom Lärm der Schlacht verschluckt wird, bringe ich die Fäden der Magie zum Schwingen, stimme sie auf mich ein. Als genügend Fäden für meine Zwecke im Takt meines Liedes schwingen greife ich mit meinem Finger nach den für gewöhnliche Menschen unsichtbaren Fäden. Ich webe sie zu Mustern, jedes Muster Einzeln aber umso mehr Muster ich webe, umso mehr verschmelzen sie miteinander. Dabei entfaltet sich das unbeschreibliche Gefühl, das mich jedes Mal erfüllt, wenn ich die Fäden der Magie berühre. Eine Ektase, für die ich keine passenden Vergleiche finde, die jemand verstehen kann der es nicht selbst erlebt hat. Für diese Leiche webe ich die Muster totes Fleisch brenne, Reanimation, Gewandtheit, Stärke, Rüstung, Intelligenz und Gehorsam. Sieben kleine Muster verwoben zu einem einzigen Großen. „Erhebe dich mein Knochenkrieger!" In seiner durchlöcherten Brust entflammt ein Feuer grün wie Smaragde, breitet sich über den ganzen Körper aus verbrennt jedes bisschen Fleisch, Haut und Haare. Alles, was von dem jungen Mann bleibt sind seine blanken weißen Knochen und ein kleines Häufchen grau weiße Asche. Das Feuer setzt sich in seinen leeren Augenhöhlen fest, erfüllt sie mit seinem grünen Licht und hüllt den Schädel in ein gespenstisch flackerndes Licht in der Dunkelheit der Nacht. Schwerfällig steht das Gerippe auf gehüllt in seine viel zu großen, zerfetzen und blutgetränkten Kleider. Mit seinen knochigen Fingern streift es die Fetzen seines früheren Lebens ab und hebt die Waffe auf, die der Mann der mein Diener früher war im Todeskampf verloren hat. Bewaffnet, aufrecht und stumm harrt dieser Knochenkrieger meiner Befehle. Die nächste Leiche ist noch nicht endgültig Tod. Die Soldaten haben den Mann schwer verwundet, doch kann er noch immer um Hilfe winseln. Es ist so erbärmlich! Diese primitiven Bergbewohner können nicht einmal anständig sterben. Er brabbelt etwas in flehenden Ton, ein Husten unterbricht seine bitten. Blutiger Schaum quilt aus seinem Mund. „AAAAHHHHH" wieder das Gewinsel, das ist ja nicht mit anzuhören. „Mach dem ein Ende!" Sagen ich zu meinem ersten Krieger. Der gehorsam die Klinge seines langen Messers mehrfach durch die Rippen seines einstigen Kameraden rammt. Die gleichen Sieben Muster, der nächste Krieger tritt in meine Dienste. Das mach ich noch bei zwei weiteren Leichen. Inzwischen wird überall gekämpft. Obwohl die Berger eigentlich in der Überzahl sind, sehe ich immer zwei von uns gegen einen von ihnen Kämpfen. Hier ist die Hilfe meiner Diener nicht von Nöten. Vor einem großen Zelt im Zentrum der Ansiedlung sehe ich das erste Mal koordinierten Widerstand. Eine Gruppe von fünf Bergern die vor einem großen Zelt eine Art Kampflinie gebildet hat. Vier Männer und eine Frau halten eine größere Gruppe meiner Soldaten auf. Nicht nur dass jeder der sich zu nahe an die Berger heranwagt, stirbt. Ein Hüne von Mann gleicht mit seinem riesigen, blutigen Schwert einem Henker. Der Schein eines Feuers illuminiert den wilden Bart und die Muskeln des Mannes, die aussehen, als würden sie jedem Stier zu Ehre gereicht. Alles, was sein Bart nicht verdeckt, ist von dunklen Mustern bedeckt. Auch die anderen drei Kerle haben viele Tätowierungen auf ihren Körpern und Gesichtern. Sie kämpfen mit Keulen, Speeren und Äxten. Die Frau ist älter, das Gesicht von Falten und Narben gezeichnet, aber alle sehen sich mit den runden Gesichtern und breiten Nasen ähnlich. Wahrscheinlich eine Familie, die Familie des Häuptlings, sehr gut. Wenn die fallen, wird es den vereinzelten Widerstand schwächen. „Tötet sie!" Mit ausgestrecktem Arm deute ich auf die die kurze feindliche Kampflinie. Die vier Knochenkrieger stürmen los, wie Jagdhunde, die man von der Leine gelassen hat. Der jüngste der Männer an der linken Seite ist das erste Ziel, das Skelett tauch aus der Dunkelheit in seinem Blickfeld auf. Er zögert, ob vor Furcht oder weil er nicht glauben kann, was er sieht, ist egal. Ein langes Messer trifft ihn in den Hals, dunkles Blut spritzt heraus, bedeckt die Frau, die neben ihm kämpft. Bevor sie reagieren kann, rammt das Skelett seine Klinge noch zwei Mal in die Brust seines Opfers. Fast gleichzeitig wird der Kerl mit dem Speer an der rechten Flanke der Linie angegriffen. Durch die starre Kampfline kann er fast nur zustechen, das verleiht ihm mit seinem Speer zwar eine große Reichweit, doch als der Knochenkrieger ihn attackiert gleite seine Speerspitze an einer Rippe ab und fährt durch den leeren Brustkorb. Mein Krieger interessiert so etwas nicht. Mit dem Speer in der leeren Brust schlägt er mit einer Keule auf dem Mann ein, dessen Kopf schon bald nur noch eine blutige Masse ist. Die letzten Beiden meiner Krieger stürmen gemeinsam gegen den Hünen. Dieser lässt sein Schwert in weiten Bögen kreisen, die schwere Klinge trifft gegen den Schädel des rechten der beiden Skelette. Die schiere Wucht wirft das Skelett um. Es taumelt gegen seinen Partner und beide gehen zu Boden. Der Hüne greift sein Schwert anders und stößt von oben nach unten, nagelt einen der toten Diener fest. Doch dieser packt die Handgelenke seines Gegners, sorgt dafür das sich Schwert und Mann für einen Moment nicht mehr bewegen können. Das andere Skelett richtet sich auf, sein Schädel ist durch den Treffer halb gespalten. Ein solcher Schaden destabilisiert auch die Muster. Doch noch ist das Skelett halbwegs funktionsfähig. Es kann noch die Gunst des Augenblicks nutzen. Sein rostiges Beil hebt und senkt sich wieder und wieder bis die Ellenbogen des Mannes nur noch blutige Stümpfe sind, an denen noch Fetzen von Haut und Sehnen baumeln. Der ganze Angriff ist von Schreckens- und Schmerzensschreien begleitet, vor denen selbst die Soldaten auf meiner Seite zurückweichen. Die Alte fällt als letztes, fast hat es den Anschein das sie den Tod umarm als sie die vier Männer tot und verstümmelt am Boden liegen sieht. „Was steht ihr hier noch rum noch? Der Kampf ist noch nicht vorbei!" fahre ich die Umstehenden an. Sofort wenden sich die Soldaten um, froh diesen grausigen Ort verlassen zu können.

Der alte Tempel und die Weberin der Knochen

Drei Skelette stürmen das Zelt. Vor dem die Familie gekämpft hat. Es ist nicht so, dass ich sehe, was die Skelette sehen aber so ungefähr weiß ich, was sie wahrnehmen. Ich weiß das im Zelt keine offensichtliche Gefahr lauert. Mit diesem Wissen folge ich ihnen ins Innere. Es ist geräumig, der untere Teil des Zeltes ist mit Flechtwerk aus Ruten verstärkt. Vom zentralen Pfahl sind mehrere Seile radial gespannt. Diese sind mit Decken behängt und teilen das Zelt in mehrere kleine separate Abteile. Nach und nach reißen zwei meiner Diener die Decken herunter. Plötzlich schreit eine Frau, das zweite Skelett hebt seine Waffe. Im Licht einer Lampe, die das Zelt in warmes, gelbliches Licht tauchen, sehe ich zwei junge Frauen die eine das Spiegelbild der anderen. Beide sehen nicht nach Bergern aus. Ihre Züge sind andere, ihre Haut eher das dunkle Kupfer der Wüstenbewohner als das Braun der Berger. Das macht mich neugierig und lässt das Skelett verharren. „Hilfe … Bitte … kein … Tod" sagt eine der beiden Frauen in sehr gebrochener Karawanen Sprache. In diesem Moment donnert eine Welle durch die Fäden, wie ich es noch nie gespürt habe.

[Laran]

Berge des Wehklagens, Bergerdorfes, inmitten der Schlacht.

Das Lager war ein einziges Chaos. Wenn es je eine koordinierte Verteidigung gegeben hatte, ist sie zusammengebrochen. Überall gibt es einzelne Kämpfe. Doch sind soweit ich das sehe unsere Leute klar im Vorteil, die Verteidiger kämpfen teilweise nur in ihren Unterhosen und Panik hat sich breit gemacht. Meine Gefährten und ich machen die vereinzelten Verteidiger nieder, wo immer wir sie antreffen. Mit unseren Speerschäften treiben wir alles, was nicht kämpft in Richtung Dorfmitte. Geschwindigkeit ist bei solchen Überraschungsangriffen alles.

Der alte Tempel und die Weberin der Knochen

Man muss den Feind besiegen und sichern bevor er merkt, dass er einem Überlegen ist. Obwohl es gut aussieht, wir sind wohl schnell genug gewesen. Noch bevor ich weiß, warum richten sich meine Nackenhaare auf. Wieder habe ich das Gefühl, dass etwas nicht stimmt. Auch wenn es während eins Gefechtes ein extremes Risiko darstellt, lasse ich mich auf die Magie eine. Die Fäden beginnen sich wie eine Windhose um eine Jurte zu drehen. Zu Anfang langsam dann immer schneller werden sie in die Jurte gezogen. Das muss ein gewaltiges Muster ergeben. Bei der Herrin und allen Richtern, dieser Stamm hat Weber. „Los kommt! Ich glaube da in der Jurte sitzt jemand wichtiges." Noch bevor wir den Eingang erreichen, formiert sich auf der Flanke Widersand, „Zwei Mann mit mir! Der Rest macht die Berger da nieder."

Meine Begleitung reißt die Decke vom Eingang weg und mit einem Gebet an die Herrin und meine Ahnen dränge ich hinein. Zwei Frauen stehen um eine Feuerschale. Die Flammen wechseln in schneller Folge die Farbe, von Organen zu blau, zu grün und wieder von Vorn. Beiden Frauen tragen Farben prächtige Roben, auch wenn ich bei den ständigen Farbänderungen nicht genau sagen kann welche Farben es genau sind. Die eine ist alt ihr Gesicht ist von Falten und Alter zerfurcht, seltsamen Symbolen sind auf ihre Wangen und Stirn tätowiert. Die dunklen Augen blicken mit abgrundtiefem Hass in meine Richtung. Die wahrscheinlich grauen offenen langen Haare wehen in der mit mir hereinkommenden Zugluft. Die andere Frau ist jung, schlank, ihre Nase ist schmal für die Berger, ihre Augenbrauen dünn. Ihr Gesicht ist noch nicht von alter, Verletzung und Verantwortung gezeichnet. Auch sie trägt das Haar offen, die dunkle gelockten Haare fallen ihr auf die Schultern, die Hände hält sie beschwörend über das Feuer. Nur ihre dunklen Augen zeigen Angst. Jetzt geht alles sehr schnell. Die Alte dreht sich zu mir, hält in der rechten weiter die magischen Fäden für ihre große Kunst. Mit der linken macht sie eine schnelle Geste, die Fäden verdichten sich zu einem Muster. Gleichzeitig stürze ich mit meinem Kampfschrei auf den Lippen vor. Mein Speer nutze ich wie einen Kampfstab, ein kräftiger Hieb gegen den Kopf lässt sie aufschreien und taumeln. Die Fäden geraten in Unordnung, wodurch zufällig Muster entstehen. Die stumpfe Seite meiner Waffe ramme ich der Alten in den Leib. Fast gleichzeitig zuckt ein gleißender Blitz aus dem Feuer, trifft den Schaft meines Speeres und lässt ihn zu Staub zerfallen. Drei Mal verdammt Magie! Ohne Waffe gehe ich mit Fäusten auf die alte Weberin los. Zum Glück für mich kann diese sich nicht wehren, ohne die Fäden endgültig zu verlieren. Mit einem Schlag gegen den Kopf schicke ich sie in die Dunkelheit. Der ganze Kampf dauert erst wenig Herzschläge, kommt mir aber vor wie eine Ewigkeit. In dem Moment als die alte Bewusstlos zu Boden sinkt erlöschen auch die Farben im Feuer. Jetzt brennt es ganz normal. Die Augenblicke in der ich mit der Alten gerungen habe, haben ausgereicht das die junge Weberin sich aus ihrer Schockstarre befreien konnte. Im normalen Licht des Feuers sehe ich das die Haut ist eine Mischung aus dem Braun der Berger und dem Kupfer der Wüstenbewohner. Verzweifelt versucht sie aus den umhertreibenden Fäden zu einem Muster zu formen, um sich zu wehren. Doch ihre Hände zittern, ihre Stimme überschlägt sich. Die Fäden folgen nicht ihren Willen. So ungerne ich Frauen schlage, selbst wenn sie zu meinen eingeschworenen Feinden gehören, so ist es notwendig sie vorerst bewusstlos zuschlagen. Die zierliche Frau schicke ich mit einen Kniehaken zu Boden. Der Kampf war kurz, aber heftig, mein Herz hämmert wie verrückt, die Erregung des Kampfes rauscht durch wie Feuer meine Adern. Erst jetzt fällt mir auf das meine beiden Begleiter nicht mit ins Zelt gekomken sind, um mir zu helfen. Wo bei allen Richtern sind sie? Bevor ich auf die Suche nach meinen Männern gehe, vergewissere ich mich, dass die beiden verdammten Weberinnen bewusstlos sind. Ich schlüpfe durch den Eingang der Jurte, hier liegen mehrere tote Berger. Einer meiner Leute, Amir versucht sich grade eine Wunde am Bein mit einem Streifen Stoff zu verbinden, Gelag hält wache. „Alles in Ordnung bei dir?" Er versucht zu grinsen, aber es wird doch eher eine schmerzverzerrte Grimasse. „Nur ein Kratzer Dafiri." Ich nicke „Gut darin liegen bewusstlose Berger Weiber, aber Vorsicht es sind Weberinnen. Bewacht sie, während ich was such womit wir sie verschnüren können. Wenn sie aufwachen, bevor ich wieder da bin, schlagt sie wieder bewusstlos." Beiden nicken kurz „Wird gemacht Dafiri."

Im Lager wird noch vereinzelt gekämpft, aber die Schlacht ist vorbei. Da ich im Lager unbehelligt laufen kann haben wir gewonnen. Jetzt ist nur noch die Frage zu welchem Preis. Davon wird abhängen, ob ich den Zorn der Schülerin abbekomme oder vielleicht sogar eine Belohnung erhalte. Schnüre, die sich zu fesseln eignen sich sind schnell gefunden, eine Wäscheleine scheint passen und ein paar Wäsche stücke kann ich gleich als Knebel und Augenbinden nehmen. Im Dorf beginn nach dem Ersterben des Kampfgeschreis eine andere Art von Geschrei. Die Art, wenn die Sieger über alle jene kommen die nicht gekämpft haben. Die Tradition der Stämme und Klans sind auf beiden Seiten der Wüste ähnlich, der Sieger versklavt die Besiegten. Mich dürfen jetzt aber nur die beiden Weberinnen interessieren, auch wenn mich das Beute machen wie alle anderen auch reizt. Doch wurde mir schon in jungen Jahren beigebracht das die Pflicht vor dem Vergnügen kommt. Mit meiner Beute kehre zur Jurte zurück, vorbei an Schemen die sich im langsam ersterbenden Licht der nicht mehr geschürten Wachfeuer rennend abzeichnen. Panische und verzweifelte Schreie von Frauen erschallen überall. Mehrfach tauchen Soldaten vor mir auf, die mich im ersten Moment für einen Feind halten. Nach einigen schnelle und scharfe Kommandos und Zurechtweisungen erkenn sie mich als Dafiri. Diese Truppe ist ein Sauhaufen, keine Disziplin. Vor der Jurte stimme ich mich wieder auf die Magie ein, immerhin betrete ich ein Zelt voller Weberinnen, die mir nicht freundliche gesonnen sind. Dann kann ich wenigstens die Muster sehen, die mich erwischen. Mit der Erwartung eintreten zwei Mann auf wache und zwei Bewusstlose Weberinnen zu sehen, betrete ich die Jurte. Doch ein Bild des Schreckens eröffnet sich mir. Die Alte liegt noch reglos am Boden, doch ihre Schülerin ist wach und von Mustern umgeben, die Fäden haben sich noch nicht großartig verflüchtigt. Die ganze Jurte steht praktisch vor ungenutzten halb wilden Fäden. Auch den Kopf meines Soldaten Umgeben einige Muster, der zweite liegt wie Tod am Boden. Das Schlimmste daran die Muster zusehen ist, das man weiß das sie da sind, aber nicht weiß, was sie anrichten. Der Blick der Weberin trifft den meinem, alles, was ich sehe, ist Angst. Die Angst vor einem Mann, der sie und die Alte grade zusammengeschlagen hat und nun wieder kommt, um sich den Preis seines Sieges zu holen. Das Muster um den Kopf meines Soldaten ändern sich, sein Gesicht beginnt sich vor Wut rot zu färben. Bevor er sich mit einem Schrei, einem Tier gleich auf mich stürzt. Im Sturm nimmt er die paar Schritt zwischen uns. Sein Ziel ist es mich umzureißen, ungestüm und wild. Das ist nicht mehr der disziplinierte Sippenbruder, den ich die letzten Jahre kommandiert habe. Er ist ein Tier getrieben von Wut. Leider ist in der Jurte nicht genug Platz um im Ausweichen zu können. Es läuft auf ein Kräftemessen heraus und ich hasse den unbewaffneten Nahkampf. Galeg ist leichter und kleiner als ich aber er kämpft verbissen. Er greift immer nur an in dem Zustand der Raserei scheint er die Wort Verteidigung und Ausweichen nicht zu kennen. Leider scheint er auch keinen Schmerz mehr zu spüren. Wie soll ich den Mann unschädlich machen? Seine Schläge und Tritte prasseln wie Regen auf mich ein. Schritt um Schritt drängt er mich zurück. Die Jurten Wand ist schon so nahe, dass ich sie spüren kann. Immer wieder versuche ich seinen Kopf zutreffen, in der vagen Hoffnung das ich in ins Reich der Träume schicken kann. Aber wieder und wieder treffe ich ihn nicht stark genug, bevor ich seinen nächsten Schlag schon wieder abwehren muss. Kurz denke ich an das Beil an meinem Gürtel. Nur das ich es mir nicht verzeihen würde, wenn ich ihn töten würde. Außerdem wüsste ich nicht, ob ich die Zeit habe es zu ziehen, bevor er mich niederschlagen würde. Endlich lande ich einem harten Treffer gegen seine Schläfe der ihn benommen zurück taumeln lässt. In die sich auftuende Lücke stoße ich nach, mir gelingen zwei weitere wuchtige Treffen gegen seinen Kopf. Der Herrin sei Dank, die Schläge zeigen Wirkung er fällt der Länge nach auf den sandigen Boden. Die Weberin verändert die Muster, die sie umgeben. Was hat sie vor, was kann ich tun? Sechs Schritte, um sie zu erreichen. Viele Schritte, in denen sie alles auf mich loslassen kann, was sie gewoben hat. Unsere Blicke treffen sich erneut, ihre dunklen Augen wirken panisch, verdammte Weberin, verdammte Berger. Etwas kracht von außen gegen die Jurte, die Kleine zuckt zusammen, ihr Kopf ruckt instinkttief in die Richtung, jetzt oder nie. So schnell ich kann stürze ich auf sie zu, dabei brülle wie ein Wahnsinnigere. Sie deutet mit ausgestreckten Händen auf mich. Sie kreischt mit schriller Stimme. Es klingt, wie ein Schrei aus einer der der Höllen von dem ich kein Wort verstehe. Alle Muster wirbeln durcheinander, wilde Fäden werden mit hineingezogen. Für einige Herzschläge ist es sowohl stockfinster als auch blendend Hell.

4. Kapitel: Die Facetten der Magie
[Laran]

Irgendwo in der Wüste

Meine Augen gewöhnen sich langsam an, was immer das auch war. Ich nehme wieder mehr wahr als nur Weiß und Schwarz. Forschen blicke ich mich um. Ich stehe in einer Wüste, in alle

Richtungen bis zum Horizont nur heller, fast weißer Sand. Eine unendliche Sandwüste, hat mich die Weberin erwischt, bin ich Tod und das der Weg der Toten, der zum Gericht der Seelen führt? Vor mir erhebt sich eine Düne und auf dieser Dünne steht die Weberin. „Narr jetzt wirst du streben. In dieser Wüste gebiete ich über jedes Sandkorn." Scheiße was ist das hier? Ein Traum? Eine Vision? Das Zusammenspiel aller Muster die sie auf mich losgelassen hat? Wie ein Hammerschlag trifft mich die Erkenntnis. Bei allen Richtern und Ahnen die Kleine muss in meinem Kopf sein, so wie sie zuvor im Kopf des armen Galeg war. Aber wenn das hier mein Kopf ist, kann ich dann … kann ich dann vielleicht beeinflussen was hier geschieht? Aber ich bin kein Weber, ich bin nur ein gemeiner Sterblicher. Meine Passivität macht sie anscheinend nervös. „Stell dich den Skorpionen von Narskina, Schänder!" Hier ist sie mutiger, ihre Stimme und Gesicht strahlen Zuversicht und Mut aus und warum kann ich ihr kauderwelsch plötzlich verstehen? Überall um mich herum gerät der Sand in Bewegung. Feuerrote Handteller große Skorpione graben sich aus dem Sand. Was hat meine Großmutter immer gesagt „Nur sehr mächtige Weber können erschaffen, die meisten können nur beleben was da ist. Aber hüte dich trotzdem vor ihnen, denn gutes Blendwerk ist für den Geist ebenso tödlich, wie eine Klinge ins Herz. „Ich empfehle meine Seele meinen Ahnen auf das ich bald in ihren Hallen sitze kann und die Qualen dieses Jammertals für mich vorbei sein." Ein Stoßgebet, denn ich bin mir sicher, dass ich hier nicht lebend herauskomme. Doch ich bin Mando und Mando gehen lieber kämpfend in den Tod, als zu knieen und zu winseln. „Weberin ergib dich, du machst mir keine Angst mit diesen Gespinsten aus Licht und Traum." Langsam gehe ich auf sie zu, nach zwei Schritten beginnen die Skorpione zu zustechen, jeder Stich eine glühende Nadel in meinem Fleisch. Nach nur wenigen Schritten wollen meine Beine unter diesen Höllenqualen nachgeben. Aber noch schreie ich nicht. Diesen Triumph gönne ich ihr nicht, noch nicht. „Verlasse meinen Geist!" Jedes Wort presse ich zwischen zusammen gebissenen Zähnen heraus. „Du bist hier nicht willkommen." Meine Beine werden schwer, jeder Schritt ist eine Qual. NEIN, erinnere dich Skorpion Stiche fühlen sich anders an. Das ist alles nur ein Traum. Ich muss nur …. „AAAAAHHHHHHHHHHHHHHHHH!" Ein Skorpion ist an meinem Gewand hochgekrochen und sticht mir ins Gesicht KONZENTRIER dich! Ich falle auf die Knie, Füße und Waden sind taub und versagen mir den Dienst. „Mein Geist ist mein Reich, mein Wille formt dieses Reich. Meine Ehre führt es zum Sieg. Der Sieg durch trennt die Fäden" Ich weiß nicht woher ich die Worte kommen oder woher ich sie kenne, doch geben sie mir Kraft. Erst flüstere ich die Worte, dann rufe ich sie, zum Schluss schreie ich die Formel. Immer und immer wieder, doch die Weberin lach nur. „Gut gesagt Babar, aber glaubst du diese Worte hätten Macht? Du kannst die Fäden nicht weben also wo soll die Macht herkommen? Du bist schwach, erbärmlich, hilflos." Ruft sie triumphierend. Verdammt wie kann ich gegen sie nur gewinnen. Hier wohl gar nicht, aber wo ist hier? Wo sollte ich sein? In der Wüste umgeben von Skorpionen? Nein, in einer Jurte sollte ich sein, in den Bergen meines Volkes. Ich muss meine Feindin dort bekämpfe, nicht hier. Kniend schließe ich die Augen wie zum gebt, alle meine verbliebende Konzentration sammele ich für eine letzten Versuch. Ich konzentriere mich auf die Fäden. Wie von einer Spinne eingesponnen bin ich von Fäden umgeben. Fäden in allen Schattierungen von Weiß und Grau und verschiedenen Helligkeiten. Einer Leuchtet wie die Sonne, das alles sehe ich durch meine Geschlossenen Lieder. Vielleicht in meinem Geist. Ohne die Augen zu öffnen, ohne aufzustehen, ohne mich zu bewegen folge ich im Geiste dem Faden. Ich lasse meinen Körper, die Wüste und die Weberin zurück. Fast bin ich mir sicher vor den Richter herauszukommen, um Zeugnis abzulegen für all meine Sünden. Nach einer Unendlichkeit, die einen Herzschlag oder ein Menschenleben dauert, erreiche das Ende des Fadens. Ich rieche Schweiß, Rauch, den Geruch der Jurte. Mit Mühe öffne ich die Augen, ich liege auf der Weberin. Im Schwung des Laufens muss ich sie umgerannt haben als sie mich mit ihrer verfluchten Kunst erwischt hat. Die Kleine kommt ebenfalls zu sich und beginnt zu zappeln. „Oh nein Miststück, nicht noch einmal!" Alle Zurückhaltung gegenüber Frauen werfe ich über Bord. Wie zuvor Galeg sich auf mich gestürzt hat, falle ich jetzt über sie her. Nutze meine Kraft, mein Gewicht, bis sie sich nicht mehr wehrt und ich sie verschnüren kann. Arme auf den Rücken gebunden, einen Riemen knapp unter dem Knie, einen weiteren um die Knöchel. Knebel und Augenbinde kommen noch dazu. Genauso verfahre ich auch mit der alten Vettel, die grade wieder zu sich kommt. Jetzt geben meine Beine auch in dieser Welt nach, meine Kleidung klebt schweiß getränkt an meiner Haut. Mein ganzer Körper zittert. Mühsam kämpfe ich mich auf die Beine, ich wanke wie ein betrunkener und muss mich an dem Geflecht an der Wand festhalten, um nicht zu stürzen. Irgendwann schaffe ich es mit schlurfenden Schritten zu meinen beiden Soldaten zu wanken. Galeg ist wach, windet sich nach unserem Kampf vorschmerzen auf dem Boden. Amir ist Tod, jemand hat in dem Genick gebrochen. „Möge deine Seele auf schnellen Weg zum Tor und den Richtern reisen, auf das sie gerecht über deine Taten und dein Leben urteilen. Möge deine Buße kurze seine und deine Freuden in der Halle unseres Ahnen ewig währen. Trete ihnen mit erhobenen Haupt entgegen und sage ihnen ich bin ein Krieger, der tapfer im Kampf um unsere Heimat gefallen ist. Sage ihnen Atrast Mando'a. Halte bitte deine Hand schützend über uns, bis wir dir eines Tages folgen werden. Ich werde dich vermissen mein Freund, mein Bruder." Meine Stimme bricht und tränen rinnen mein Wangen hinunter, Tränen derer ich mich nicht schäme. Ich schließe seine Augen und falte seine leblosen Hände auf seiner Brust. Nach kurzem Überlegen fessele ich auch Galeg. Wer weiß, ob er nicht noch unter dem Bann der Kleinen steht. „Dafiri was tust du?" „Halt den Mund Galeg. Die Wabaryka hat dich erwischt. Du hast mich angegriffen." Auch denke ich das er Amir getötet hat, aber damit will ich ihn nicht belasten, am Ende hat die Wabaryka, die verfluche Weberin ihn getötet. Er war nur ihr Werkzeug. „Bleib ruhig liegen ich schicke gleich ein paar von unseren Leuten, die sollen dich eine Weile im Augen behalten." Er nickt, obwohl ich den Widerspruch in seinem Gesicht sehe. „Dafiri, wo ist Amir?" „Dort" Ich weise auf die Stelle, wo er jetzt mit gefalteten Händen und geschlossenen Augen liegt. Galeg schüttelt den Kopf „Das kann nicht sein, Amir." Sanft lege ich in der Hand auf die Schulter. „Sein Tod wird gerecht werden, wir haben heute unsere Heimaterde mit dem Blut der Berger getränkt und es wird noch mehr fließen bis wir die Berge wieder verlassen. Bis dahin können wir ihn nur hier im Westblut, unserer Heimat zur Ruhe betten. Wir werden ihn nicht vergessen!"

Endlich trete ich nach draußen, in die kühle frische Luft des heranbrechenden Morgens. Ich rufe nach meinen Leuten, die kurz darauf antreten. „Männer drei Mann bewachen das Zelt, darin liegen zwei gefesselt Wabaryka. Ihr fasst sie nicht an und lasst niemanden zu ihnen außer mit meiner Erlaubnis. Ist das verstanden worden?" Ein einstimmiges Jawohl ist die Antwort. „Gut, die Wabaryka haben mit ihrer verfluchten Kunst auch Amir erwischt. Er und Galeg liegen drinnen. Galeg ist gebunden." Abwehrend hebe ich die Hand, bevor fragen laut werden. „Ich glaube er ist unter den Bann einer der Weberinnen geraten, als ich ihn niedergeschlagen habe wurde er wieder er selbst. Doch keiner von uns weiß, wie diese verfluchte Kunst wirkt. Behaltet ihm im Auge. Ich werde die Schülerin suchen vielleicht kann sie uns mehr sagen. Der Rest weggetreten!" Mit den Worten erlaube ich ihnen stillschweigen, das Plündern. Ob sie darüber hinaus noch andere Gelüste befriedigen wollen, will ich gar nicht wissen, aber ich hoffe nicht. Meine Leute entscheiden selbst, wer aus Ihrer Mitte Wache schiebt. Auf die Disziplin meiner Männer kann ich mich verlassen, so dass ich mir keine Sorgen mach muss ob die Wachen wirklich auf Posten bleiben. Wo finde ich jetzt diese Schülerin? Das Lager ähnelt in zwischen eher einem Basar. Sämtliche Soldaten sind dabei zu plündern was ihnen gefällt. Auch ich will mir ein Stück davon sichern, aber vorher muss ich erst die Verantwortung für die beiden Weiber loswerden. So suche ich die Schülerin, ich frage Soldaten und suche nach einem Zeichen von ihr. Nach einer Weile sieht es so aus als sie nicht im Lager. Verdammt ich dachte sie wollte den Angriff anführen. Endliche sehe ich vor einem Zelt sechs Knochenkrieger wache halten. Ihr stumm grinsender Schädel mit kleinen grünen Flämmchen anstelle von Augen, schauen mich ausdruckslos an. „Ich möchte zu Schülerin Azzarena." Sage ich laut und deutlich. Ich bin mir nie sicher ob mich diese wandelnden Gerippe überhaupt verstehen. Können sie ohne Ohren überhaupt hören? „Komme er rein!" klingt von innen die gebieterische Stimme der Schülerin. Einen Schritt, nach dem ich das Zelt betreten habe, lege ich meine Waffen ab. Das Zelt ist groß und achteckig. Ein Teil ist mit Vorhängen abgeteilt. Die Schülerin schaut sich etwas auf einem Tisch an. Ich mache drei weitere Schritte ins Zelt hinein und verneige mich tief. Meine Beine geben bei dieser Gelegenheit fast nach, wieder strauchle ich als sei ich betrunken. „Er darf sich erheben und mir sagen, was er will." Jetzt stehe ich still. „Herrin ich möchte melden, dass wir eine Schamanin und ihre Schülerin gefangen genommen haben." Die grünen Augen, noch immer das Einzige, was von ihrem Gesicht zu sehen ist, blitzen kurz auf. Mir fällt auf das, das grün ihrer Augen und das der Flammen ihrer Knochenkrieger den gleichen Farbton hat. „Wo sind sie?" „Herrin wenn ihr gestattet, bringe ich euch zu ihnen." Sie bewegt sich schon auf den Zelteingang zu. „Ja bringe er mich sofort dahin." Ihre Stimme ist beherrscht nur das Blitzen ihrer

Augen hat erkennen lassen, wie wichtig ihr dieser Fang ist. Vor dem Eingang schließen sich uns drei Knochenkrieger an.

Kurz darauf steht sie im Zelt mit den gefangenen Weberinnen. „Sehr gut, zwei Weberinnen verschnürt. Was ist mit dem da Dafiri?" „Einer meiner Männer Herrin. Ich glaube er ist unter einen Bann geraten. Vermutlich von der kleinen da, Herrin." Einige Augenblicke schaut sie auf die Gefangenen hinab. „Schafft die beiden in das Zelt, in dem er mich gefunden hat!" Ich nicke „Sofort Herrin." Sie sieht sich weiter im Zelt um, mustert mit Interesse die Feuerschale. „Wo ist eigentlich der Kaslik?" Ich schüttele nur den Kopf und zucke mit den Schultern. „Ich weiß es nicht Herrin, aber ich werde ihn suchen lassen." Das verhüllte Gesicht mir zu wendend sagt sie. „Ja lasse er ihn suchen, dann verschaffe er sich einen Überblick wie viel Tribut der Tod für diesen Angriff gefordert hat." Aus einer Falte oder Tasche ihres Gewandes holt sie ein Holzschachtel die mit Wachs ausgegossen ist und ein Griffel hervor. Sie schreibt etwas auf die Tafel. „Drei seiner zuverlässigsten Männer sollen das hier." Sie deutet auf die nun wieder mit Holz verdeckte Tafel. „Zu Fürst Jolga bringen und nur zu ihm allein!" Sagt sie eindringlich, dann gibt sie mir die Tafel. „Und die Gefangen müssen zusammengetrieben und bewacht werden. Und ich will Ordnung im Lager. Er kann gehen." Ich verneige mich kurz. „Kaslik finden, Verluste ermitteln, Boten losschicken, Gefangene zusammentreiben und im Lager für Ordnung sorgen. Jawohl Herrin."

[Rabia]

Berge des Wehklagens, erobertes Bergerdorf

Was bei allen Richtern war das? Hier müssen Weber im Lager sein, aber nirgendwo sehe ich deren Wirken, Keine

Knochenkrieger, keine Schreienden Soldaten deren Blut kocht oder fest wird. Nichts nur die Geräusche des Kampfes und der beginnenden Plünderungen. In meiner Umgebung wirken die Fäden Normal, die Strömungen sind hier recht stark, aber das kommt immer mal wieder vor. Haben meine Sinne mir einen Streich gespielt? Hat irgendein Soldat einen verzauberten Gegenstand zerstört? Der Kampf ebbt immer weiter ab, dafür höre ich immer mehr Frauen kreischen, flehen und weinen. Ich heiße das nicht gut, die Männer sind wie Tiere. Hyänen im Rausch des Blutes. Doch sind die Frauen ihre Beute, ihr Lohn für den Sieg. Als mich mein Meister das erstmal zu einem Einsatz mitnahm, war es ein Dorf am Rande seines Gebietes, mit einer kleinen Wehranlagen gewesen das sich dem Fürsten widersetzt hat. „Schüler seht unsere Soldaten erobern neue Felder und bringen gleich ihre Saat aus." Ich hatte mich von der Szene abgewandt, während Dorga lüstern zu geschaut hat. Damals sagte er zu uns. „Schülerin zeig keine Schwäche. Wir herrschen, weil wir die unangefochtene Macht haben, Schwäche hat in unseren Reihen keinen Platz. Sollten wir eines Tages untergehen wird es unseren Frauen genauso ergehen." Hier und heute läuft es ebenfalls so ab, Männer kämpfen und sterben. Frauen und Mädchen büßen dafür, dass sie auf der Verliererseite am Leben sind. Noch immer ist alles ruhig. Habe ich mir die Welle doch nur eingebildet? Verwirrt schüttle ich den Kopf, nein so etwas Bilde ich mir nicht ein. Noch immer zeigt keine mächtige Kunst ihre Wirkung. Nach einigen Minuten in der Welt der Fäden sehe ich das sich die Strömungen beruhigen. Daher nehme ich mir die Zeit das Zelt zu untersuchen. Dieses Zelt, ich bin mir inzwischen sicher, dass es dem Häuptling oder wie immer der Anführer sich auch genannt haben mag gehört hat. Hier drin sind ein paar sehr interessante Dinge zu finden. Auf dem Tisch neben so etwas wie einem primitiven Thron liegt eine Karte, die ich mir später bei mehr Licht genauer anschauen will. Hinter dem Thron steht eine schwere mit Eisenbändern verstärkte Kiste. Die mit einem großen Schloss gesichert ist. „So wo bekomme ich jetzt den Schlüssel her?" frage ich mich leise. „Bei den Überresten draußen, hier irgendwo im Zelt? Nun notfalls lasse ich sie aufbrechen." So lasse ich den Blick wieder durch das Zelt gleiten, suche den Schlüssel und frage mich, was ich mit den beiden Mädchen mache. Die sich in einem von Decken abtrennten Bereich zusammen kauern.

Ich studiere die Karte, welche die Karawanenrouten von Schimbal nach Süden zeigt. Als ich vor dem Zelt eine Männerstimme höre, die sagt. „Ich möchte zu Schülerin Azzarena." Das klingt nach dem Dafiri der den Plan zur Einnahme des Lagers entwickelt hat. „Komme er rein!" Der Mann sieht absolut fertig aus. Er trägt weder Kopfbedeckung noch Tuch. Sein dunkles Haar klebt vor Schweiß an seinem Kopf. Sein kurzer Vollbart ist zerzaust. In seinem Gesicht zeichnen sich Spuren einer wilden Prügelei ab. Er schwankt so wie er Aussicht vor Erschöpfung. „Er darf sich erheben und mir sagen, was er will." Gebe ich ihm die Erlaubnis Bericht zu erstatten, bevor er hier noch zusammenbricht. „Herrin ich möchte melden, dass wir eine Schamanin und ihre Schülerin gefangen genommen haben." Bei der Gnade der Herrin, wenn das wahr ist, habe ich einen wahren Schatz in Händen. Doch die Soldaten begreifen es noch nicht einmal. Für sie sind nur Schnaps, Beute und Frauen wichtig. „Wo sind sie?" frage ich mit gezwungen ruhiger Stimme. Es ist nicht gut, wenn die einfachen Soldaten oder andere Handlager merken, das einem etwas sehr wichtig ist. „Herrin wenn ihr gestattet, bringe ich euch zu ihnen." „Ja bringe er mich sofort dahin." Dann dauert es ewig bis der Kerl seine Waffen, die er abgelegt hat, wieder aufgesammelt hat. Vor dem Zelt gebe ich den Knochenkrieger einige befehle. „Drei mit mir, der Rest bewacht das Zelt. Niemand darf rein oder raus!" Meine Wache geht seitlich und hinter mir. Die Soldaten haben ihren Spaß im Lager. Sie plündern es und saufen jeden Tropfen

Alkohol, den sie finden. Einige der Kerle berauscht von der Schlacht lassen die Überlebenden leiden. Deshalb sind mir Knochenkrieger lieber, sie sind keine Menschen mehr. Aber selbst der besoffenste Soldat geht meinen Skelettwachen aus dem Weg. So kommen wir so schnell voran, wie die Beine des Dafiri ihn tragen. Schon vor dem Zelt merke ich wie dich hier die Fäden wabern. Im Zelt kann man die Fäden fast schneiden, obwohl sie langsam in ihre wilde natürliche Form zukehren. Was auch immer hier versucht worden ist, es war gewaltig. In der Welt der Fäden sehe ich aber auch Reste von stabilen Mustern. Hier wurde definitiv eine Form der Kunst angewandt. Am Boden liegen drei gestalten ein altes Weib, eine junge Frau und ein Mann in den gleichen Sachen wie sie auch die Wachen anhaben. „Sehr gut, zwei Weberinnen verschnürt." Sage ich anerkennend, wobei die Frage in mir aufkeimt wie ein paar verlauste Soldaten zwei Weberinnen gefangen nehmen konnten. Wo hier so viel ungenutzte Fäden sind. „Was ist mit dem da Dafiri?" Ich deute mit meiner Stiefelspitze auf den Gefesselten. „Einer meiner Männer Herrin. Ich glaube er ist unter einen Bann geraten. Vermutlich von der Kleinen da, Herrin." Also wahrscheinlich Geistweberin oder Traumfängerin. „Schafft die beiden in das Zelt, in dem er mich gefunden hat." Befehle ich ihm. Erst jetzt fällt mir eine das ich noch gar keine Ahnung habe, wie der Kampf genau gelaufen ist. Bisher musste ich mich um so was nie kümmern. Die Offiziere haben immer meinem Meiser Bericht erstattet. Wo ist mein Offizier? „Wo ist eigentlich der Kaslik?" Der Dafiri weiß es auch nicht, bietet aber sofort diensteifrig an ihn suchen zu lassen. Gut ich muss wissen welche Verluste die Truppe hat, ich muss den Kaslik finden lassen, das Lager muss bewacht werden und die Überlebenden zusammengetrieben. Ich hoffe das noch nicht zu viele entkommen sind. „Ja lasse er ihn suchen, dann verschaffe er sich einen Überblick wie viel Tribut der Tod für diesen Angriff gefordert hat." Aber das Wichtigste zuerst, der Fürst muss über den Erfolg des Angriffes informiert werden. Für so etwas trage ich immer eine Wachstafel und einen Griffel bei mir. Kurz schreibe die Wichtigsten Punkte auf. „Drei seiner zuverlässigsten Männer sollen das hier. Zu Fürst Jolga bringen und nur zu ihm allein!" Ich übergebe die Nachricht den Dafiri. „Und die Gefangen müssen zusammengetrieben und bewacht werden." Ich überlege kurz, die Männer hatten genug spaß. „Und ich will Ordnung im Lager. Er kann gehen." Mit einer Hand Bewegung entlasse ich ihn. Eine kurze Verneigung und eine Zusammenfassung was ich ihm alles aufgetragen haben. Dann dreht er sich um, verlässt das Zelt. Draußen ist noch seine tiefe Stimme zu hören die Befehle erteilt. Vier Mann treten ein. „Könne wir die Gefangen wegtragen? Äh Herrin." Fragt einer der vier mit einem rauen Akzent und einem Rollenden R, der Mandospäher. Ich nicke nur. „Den da könnt ihr los machen, aber er soll sich den Gefangenen nicht nähren." Als ich allein in der Jurte bin schaue ich mich in aller Ruhe um. Die Feuerschale ist mit seltsamen Runen bedeckt, eine Ritual Gegenstand oder der Fokus der Schamanin? So viele Fragen und mein Meister wird mir keine Zeit lassen ihnen nachzugehen.

Die Sonne geht auf, die ersten strahlen des Tages berühren ein Meer aus Blut und Tränen. In dem Tal das bei Sonnen Untergang noch ein Ort des Lebens gewesenen war. Ich beobachte, wie der Dafiri langsam Ordnung die den Sauhaufen bring, Wachtrupps und Arbeitskommando einteilt. Die Gefangen schleppen auf meine Anweisung und unter strenger Bewachung zwei Dutzend Berger Leichen auf einen zentralen Platz. Die meisten Frauen tragen zerrissene Kleider oder sind fast nackt. Viele sehen aus als wären sie verprügelt worden. Arme Frauen, aber das ist nun mal das Schicksal eines schwachen Stamms, sie werden besiegt und die Überlebenden gehören dem Sieger. Sklaverei ist ihr Schicksal, aus dem sie sich dann nach oben arbeiten können oder als Sklaven sterben. Die meisten sterben als Sklaven. Eine vom ihnen die wenigstens ansatzweise die Karawanensprache versteht befrage ich kurz, wie ihre Sippe heißt und was sie hier gemacht haben. „Herrin?" der Dafiri ist zurück. Mit einer Geste bedeute ich ihm das er sich nähren darf. „Herrin wir haben dreizehn Mann verloren, weitere einundzwanzig sind verwundet, drei davon sehr schwer, ob sie den Tag noch in dieser Welt beschließen werden, ist fraglich. Der Feind hat neunzig Kämpfer verloren, neunundzwanzig verwundete und zehn bewaffnet konnten gefangen gesetzt werden. Siebzig Frauen, Kinder und Alte, die nicht gekämpft haben, wurden ebenfalls gefangen. Ich denke das etwa die Hälfte für die Arbeit im Tal eingesetzt werden kann." Ich gehe kurz die Zahlen im Kopf durch, von mein fünfundachtzig Männern sind einundfünfzig noch einsatzfähig und etwa zwanzig werden sich rasch erholen. Sechzehn Mann Verlust ist akzeptabel. Der Feind hat weit höhere Verlust und mit fünfunddreißig bis fünfzig Arbeiter kann ich was anfangen. Alles in Allem lief es sehr gut. „Gut damit kann ich arbeiten, hat er den Kaslik gefunden?" „Ja Herrin er ist einer der schwer verletzten, ist während des Angriffes in einen Speer gerannt." Er sagt dies trocken und ausdrucklos. Aber seine Augen zeigen große innere Zufriedenheit. „Treibt die Gefangen zu den Leichen ich will ihnen was zeigen!"

Vor den überlebenden Bergern liegen zwei Dutzend Leichen. Mit lauter und gebieterischen Stimme verkünde ich in der Zunge der Karawane. „An gehörige vom Bergstamm der Obsidian Klaue. Ihr seid besiegt, wir haben eure Verteidigung hinweggefegt wie trockenes Laub." Ich warte, bis meine Worte von jenen Gefangenen, die sie verstehen für die anderen übersetzt sind. „Jedes Mitglied eures Stammes wird meinem Meister, Fürst Jolga dienen. Genau wie es diese Krieger tun werden." Mit einer ausladenden Geste deute ich auf die Leichen. „Ha, sie sind Tod verfluchte Nagital. Sie sitzen längst an der Seite unserer Götter!" Der Ausruf kommt aus der Menge, noch bevor ich etwas sagen kann, hat eine der Wachen den Rufer gepackt und mir vor die Füße geworfen. „Ich erwarte Respekt von einem unterworfenen Stamm. Steh auf!" Meine Stimme ist dabei kalt, gebieterisch, entweder ich breche sie jetzt oder sie werden rebellieren. Ihnen wird grade bewusst, dass sie meinen Männern zahlenmäßig noch immer überlegen sind. Mühsam kämpft sich der Mann auf die Beine. Sein rechter Arm trägt er in einer Schlinge. Seine Kleidung ist Blutgetränkt. „Weiß er Bergerbewohner für euch wir der Tod erst der Anfang sein, sieh!" Ich konzentriere mich auf die Fäden, rege sie mit einem Liede zu ehren der Herrin der Wüste an, forme die schwingenden Fäden zu Mustern. Hier benutze ich weniger Muster als in der Schlacht. Hier muss ich dafür mehr Leichen auf einmal reanimieren. Das Gefühl die Fäden mit und nach meinem Willen zu formen, sie zu berühren ist wie immer unbeschreiblich. Hier webe ich nur Fleisch brenne, Reanimation und Gehorsam. Alles andere hat Zeit. „Erhebt euch meine Krieger, erhebt euch und verneigt euch vor eurer Gebieterin!" Alle Leichen brennen gelichzeitig im grünen Feuer als nur noch die bleichen Knochen übrige sind erheben sie sich wie ein Mann. Die Berger beginnen zu schreien, zu weinen und zu beten. „Hört mir genau zu! Jeder von euch der stirbt wird zu einem Knochenkrieger. Eure Liebsten, eure Brüder werden jeden jagen und niedermachen, der nicht Fürst Jolga dient. Habt ihr das VERSTANDEN?" Als sich eine Übersetzung meiner Worte durch die Reihen gezogen hatte, erhebt sich ein Murren. „Ich habe nichts gehört!" Das murre wird zu einen leisen „JA". „Gut und jetzt zu ihm, mich eine verfluchte Nagital zu nennen, meine Ansprache zu unterbrechen, das war sehr respektlos. Der Mann nickt verängstigt. „Gut, dass du das einsiehst. Aber ich muss den anderen zeigen, was es bedeutet, wenn jemand respektlos zu mir ist. Das versteht er sicher." „Herrin ... bitte, vergebt mir ich werde es auch nie wieder tun und euch sehr gut dienen." Mein kalter Blick lässt ihn verstummen, er versucht zurück weichen wird aber von einer Wache daran gehindert. „Ich weiß das wird er." Der Dolch, den ich immer im Ärmel meines Reisegewandes trage, gleitet in meine rechte Hand. Ein gezielter Stich, der Mann ist zu verängstigt, um zu regieren. Der Stich führt von unten schräg nach oben, unter seinen Rippen durch ins Herz und in einen Lungenflügel. Es erfordert viel Übung den Stich genauso zuführen das, dass Opfer sich nicht wehren, schreien oder winseln kann. Nur seine Augen verraten mir das er weiß das er stirbt. Dann bricht sein Blick, der Glanz schwindet. Seine Seele mag in seinen Himmel oder eine der vielen Höllen ziehen ganz, wie es den Göttern beliebt aber seine Knochen werden mir dienen. „Du liebst große Auftritte nicht wahr, Schülerin."

[Aldan]

Wege Station Markis, zwischen Bybolan und Schimbal, kurz vor dem Götterbruch

Heute machen wir in der Markis Wegestation halt. Der letzten Station vor dem Götterbruch. Eine wehrhafte Anlage mit einem Quadratischen Grundriss und vier hohen Wehrtürmen. Hier endet das Herrschaftsgebiet von Bybolan. Der Götterbruch ist Grenzland, weder Bybolan noch Schimbal regieren dieses Land offiziell und doch versucht jeder so viel Einfluss darauf zunehmen wie möglich. Bisher macht mein neuer Karawanenmeister seine Sache gut. Seine Sprechweise erinnert mich immer an meine Suri. Auch er gibt mir in jedem Satz einen Beinamen. Dadurch das ich mich um die alltäglichen Belange meiner Karawane nicht kümmern muss, habe ich leider noch mehr Zeit zum Grübeln. Ich frage mich die ganze Zeit, was im Gebiet von Schimbal los ist. Voriges Jahr war ich das letzte Mal in der großen Stadt. Damals habe ich im Namen meines Vaters eine ganze Karawane mit Salz beladener Kamele von dort nach Bybolan geführt. Für solche Schätze haben sich viele interessiert. Ich habe Häuptlinge der Berger bestochen und drei Räuberbanden in Flucht geschlagen. Das ist unser Familiengeschäft. Wir bezahlen das Salz mit dem Blut von Söldner. Unsere Konkurrenz sagt deshalb gerne, dass wir mit rotem Salz handeln. Der letzte Kampf war eine kleine Schlacht. Die Söhne des Löwen, eine berüchtigte und große Räuberbande, der schon so manche Karawane zum Opfer gefallen war, griff uns im Grenzland an. Was diese verschlagenen Räuber nicht wussten, war das jemand sie verraten hatten. Wissen gegen Silber auch das gehört zum Familien Geschäft. Sie griffen an, ohne zu ahnen das im Hinterhalt schon zwei Sippen der Talerea lauerten. Der Preis für ihre Dienste habe ich in Salz und Sklaven bezahlt. Mein Anteil an der Beute aus diesem Kampf ermöglichte es mir die Summe, die ich mir bei einem Freund geliehen hatte, um Suri zu kaufen, sofort zurückzuzahlen.

In jedem Gasthaus und jeder Wege Station habe ich mich mit den Reisenden, die aus dem Osten kommen unterhalten. Aber alles, was ich höre, ist widersprüchlich. Eine Karawane erzählt das die Talerea in heller Aufruhe sind. Das sie Karawanen angreifen und die Südroute nur noch kleinen Armee offenstehen würde. Die nächste Reisegesellschaft erzählen, dass sie grade aus Akabasch kommen würden, der größten Siedlung im Götterbruch. Diese mehrere Kilometer breite, öde Schneise, die die Berge von West nach Ost durchtrennen, durch die Praktisch der gesamte Verkehr von Bybolan nach Umkul, Schimbal und nach Süden in die Länder des grünen Ozeans führt. Sie berichten, dass es keinen Zwist gibt, dass die Berge ruhig, schon fast zurückgezogen sind. Astavo sagt dazu nur lakonisch. „Wenn sie nicht alle zwei angewachsene Arschbacken hätten, würde es darüber unterschiedlich Meinungen und Informationen geben. Vater des zweifelhaften Wissens." Diese pragmatische Sicht der Dinge scheint für diesen Mann typisch zu sein. Wieder andere Reisende berichten von geisterhaften Reitern, die bald hier, bald dort auftauchen. Keiner weiß, wer sie sind, keiner weiß zu wem sie gehören. Ich vermute, dass sie die Späher aus Umkul sein könnten. Oder versuchen die Herrscher des grünen Ozeans hier Fuß zu fassen? Es gibt so viele Möglichkeiten. Ich brauche dringen mehr und vor allem verlässliche Informationen und ich werde sie auch bekommen! Auch wenn ich jedes Tal abklappern und jeder Oase einen Besuch abstatten muss. Ich finde heraus, was dort im Osten los ist! Doch seit ich aufgebrochen bin nagt eine Frage an mir. Warum schickt mein Vater mich? Suri hatte mir diese Frage gestellt, nach dem ich ihren schlanken Körper ein zweites Mal geliebt hatte. „Was meinst du damit? Erkläre dich!" Hatte ich verlangt. „Herr der Weisheit und vielen Reisen, du bist in der Stadt bekannt. Du kannst deine Anwesenheit nicht verschleiern, Sohn der Schönheit. Aber Späher und Agenten sollten doch genau das tun oder nicht?" Ihre Stimme klingt ernst. „Willst du damit sagen mein Vater will..." Weiter komme ich nicht. Ja was will er? Mein Scheitern sehen, mein Tod. Bis zu dieser Frage hatte ich mich über die Aufgabe gefreut, sie als Möglichkeit begriffen. Aber seit dieser verfluchten Frage bekomme ich die nagenden Zweifel nicht mehr aus dem Kopf. Die Frage war gut und berechtigt, obwohl ich mir einzureden versuche das ich grade mit meiner Bekanntheit und meinen Kontakten Dinge erfahren kann die andere nicht erfahren. In zwei Tagen erreichen wir Akabasch und drei weiteren Tage dann kommt Schimbal. Ich werden allen beweisen, dass ich solchen Aufgaben gewachsen bin. Mit diesem Gedanken kann ich mich immer aufmuntern, jedenfalls für kurze Zeit. In den kühlen Nächten dieser Reise wünsche ich mir Suri mitgenommen zu haben. Aber um ehrlich zu sein wollte ich sie nicht in Gefahr bringen. Sie ist zwar nur meine Lustsklavin, die seit kurzem alles daransetzt, schwanger von mir zu werden. Doch vermisse ich ihre Sicht der Dinge. Vor allem vermisse ich ihre fröhliche Art. In gewisser Weise kann ich Suri gut verstehen. Jeder sehnt sich nach einem Aufstieg von seinem Rang, der ihm durch Geburt oder Stand vorgegeben ist. Eine Sklavin, die ein Kind zur Welt bringt, dass ihr Herr anerkennt, steigt zur Konkubine auf. Welche Schattenseiten damit verbunden sind fällt ihnen erst auf, wenn sie sie erreicht haben. Meine Mutter ist eine Konkubine meines Vaters. Allein, dass sie keine der Ehefrauen meines Vaters ist, mach mich zur zweiten Wahl unter seinen Söhnen. Obwohl ich gute Geschäfte gemacht habe, hat er sein Geschäft unter meinen Brüdern aufgeteilt. Einer hat den Schimbal Geschäftszweig bekommen, Salz und Sklaven. Der andere verwalte die Geschäfte in Bybolan und entlang des Flusses Sgriti, die Lebensader und der Herrschaftsbereich meiner Heimatstadt. Für mich blieben dann nur noch die Reste, die mir wie einem Hund vorgeworfen wurden. Der Westen, Kupfer und Holz werfen bei weitem nicht die Gewinne ab wie die anderen Zweige. Der Markt ist viel umkämpfter und an die Privilegien mit Sonnensteinen zu handeln komme ich ohne meinen Vater nicht heran. Der sich trotz meines Drängens bis her nicht darum bemüht hat. Doch ich werde ihnen zeigen das ich trotzdem Ansehen und Reichtum erlangen werde! Die Männer sind guter Dinge, es ist auf der Reise bisher nichts Unvorhergesehenes passiert, so das selbst die abergläubischsten unter ihnen bisher noch keinen Grund sehen zu murren. Ich weiß noch das bei meiner zweiten Handelsreise sich das Kamel, welches das Wasser getragen hatte, irgendwie das Bein gebrochen hatte. Danach wollten mehrere Kameltreiber, sehr abergläubische Menschen das wir sofort umkehren. Die Geister der Wüste wollen nicht das wir weiterreisen und so ein Unsinn. Das wenn wir nicht auf die Zeichen hören alle sterben. Aber was kam bei der Reise heraus? Einer der größten Gewinne die ich je gemacht habe. Mal schauen, was dieses Mal abfällt. Ansehen ist zwar gut und schön, aber finanziell sollte es sich auch lohnen. Ich schlinge die Decke enger um mich und sehne mich nach Suris Wärme.

Der alte Tempel und die Weberin der Knochen

5. Kapitel: Ein Angebot das man nicht ablehnen kann
[Rabia]

Berge des Wehklagens, Erobertes Lager der Berger

„Schülerin das hast du gut gemacht, akzeptable Verluste, Gefangen und diese beiden Weberinnen." Mein Meister streichelt über seinen Bart. Eine Geste, die er immer dann macht, wenn er nachdenkt. „Ich möchte das du versuchst die junge Weberin dazu zu bringen, dass sie sich dem Reich anschließt und mir die Treue schwört." Er lächelt als wolle er mir ein Geschenk machen, aber ich denke nur dreimal verflucht. Wir haben grade ihrem halben Stamm niedergemacht. Jetzt soll ich ihr vermitteln das sie sich meinem Meister anschließen will. „Wenn es euer Wunsch ist, werde ich mein Möglichstes tun, das er Wirklichkeit wird." Versuch ich möglichst zuversichtlich zu klingen, aber meine Stimme klingt nicht wirklich danach. Wahrscheinlich weil mein Verstand sich noch frag, wie ich das anstellen soll. „Schülerin" Mein Meister reißt mich aus meinen Überlegungen. „Wie wurden die Weberinnen überwältigt? Ich spüre starke magische Strömungen. Hier muss vorkurzen starke Magie gewebt worden sein" Ich berichte, was ich von dem Dafiri erfahren habe. „Ein Trupp von Soldaten hat die Jurte gestürmt, in der die beiden Weberinnen etwas vorbereitet haben. Die alte Weberin ging sofort zu Boden. Einer der Soldaten wurde von mit einem Bann belegt doch konnte der Dafiri der den Trupp führte diesen Mann überwältigen und die kleine Weberin außer Gefecht setzen." Mein Meister lächelt. „Das erklärt die Blessuren, die die beiden im Gesicht haben. Aber ich bleibe dabei, hier wurde etwas sehr Mächtiges gewebt. Ich werde die Alte verhören. Sie wird mir alles sagen, was sie weiß. Aber du kümmerst dich um die Schülerin der Schamanin." Er wendet sich zum Zelt des Häuptlings. Na toll, ich bin noch nicht dazu gekommen die Kiste zu untersuchen oder mit den beiden

Frauen im Zelt zu sprechen. Meine Knochenkrieger werden aus dem Zelt geschickt, mein Meister hat natürlich seine eigenen Wachen. Außerdem will er wohl nicht das ich über Umwege zu sehe, wie er die Alte bricht und was er dabei erfährt. Unsere Zunft, lebt von ihrem Wissen, ihren Geheimnissen und ihrem Argwohn gegenüber alle anderen unserer Zunft.

So treffe ich einige Vorkehrungen, beschlagnahme ein großes Zelt, lasse es komplett leerräumen. Als das getan ist, werden zwei dicke Balken zu einen X-förmigen Kreuz zusammengezimmert. Drei Soldaten holen das Mädchen, während ich dem Dafiri genau Anweisungen gebe. Die junge Weberin wird an das Kreuz gebunden. Gefesselt, geknebelt, die Augen verbunden, jeder ihrer Finger ist mit vielen Lagen Stoff umwickelt, damit sie keine filigranen Bewegungen machen kann. So steht sie da. Die Geräusche eines Militärlagers dringen in durch die Stoffwände. Befehle die gebellt werden. Das Klappern von Waffen und all die anderen Geräusche eines Lagers im Kriegszustand. Vier Knochenkrieger stehen im Zelt stumm und starr wie Statuen im Zelt. Ich selbst stehe an die mittlere Zeltstange gelehnt genauso stumm. Ob meine Anwesenheit ihr überhaupt bewusst ist? Wohl kaum. Nach dem sie denkt das sie eine Weile allein ist, versucht sie sich zu befreien. Doch die Fesseln halten ihren schwachen Bemühungen mit Leichtigkeit stand. Aber das war mein Ziel. Ich wollte sehen, ob sie kämpft oder ob sich aufgegeben hat. Wer kämpft will leben und da setzte ich an. „Wie ist dein Name Kleine?" Frage ich sie unvermittelt, sie zuckt zusammen, als hätte ich sie geohrfeigt. Soweit das die Fesseln zulassen. Aus einem Impuls heraus nehme ich ihr die Augenbinde ab, stehe aber so dass sie mich nicht sehen kann. Ihre Antwort ist schweigen. Sie versucht gar nicht erst zusprechen. Auch wenn der Knebel keine verständliche Antwort zulässt. „Weißt du in eine Unterhaltung führt sich einfacher, wenn man sich mit Namen ansprechen kann. Aber gut, dann nicht. Dein Stamm ist gefallen." Eine Pause soll ihr Zeit geben das zu begreifen. „Eure Krieger waren schwach." Nicke wenn du das einsiehst." Für einen Augenblick erwarte ich Sturheit von ihr, dass sie alles abstreitet. Dann nickt sie schwach. „Die Frage ist jetzt was mit dir passiert. Der Tradition nach wirst du zu einer Sklavin." Ohne dass die Gefangene es mitbekommt, gebe ich einem Knochenkrieger ein Zeichnen, der darauf den Dafiri reinholt, der sie gefangenen genommen hat. Der Dafiri verneigt sich tief vor mir. „Herrin" sagt er sehr respektvoll dabei steht er, sodass die kleine ihn grade so sehen kann. „AH Dafiri, ich erkläre dieser Schamanin Schülerin grade, was mit ihr passieren wird." Als meine Gefangene in den Augenwinkel den Dafiri erblickt wird sie panisch, oder hat seine Stimme das ausgelöst? Wieder versucht sie sich zu befreien. Sie stemmt sich mit alles Kraft gegen die Fesseln. „Herrin, ich möchte diese da als Beute für meine Klinge beanspruchen. Wir, meine Klinge und ich, haben noch ein Hühnchen mit ihr zu rupfen. Sie hat einen meiner Leute verzaubert und hat es auch bei mir versucht. Sie ist auch am Tod eines Freundes schuld." Interessant Soldat bei ihm hat sie es also auch versucht, warum hat es bei dir denn nicht funktioniert? Und woher weiß er das dann? Laut sage ich. „Was wollt ihr mit ihr anstellen, wenn ich sie euch zusprechen würde?" Ein Blick der selbst mir, obwohl ich ihn nur von der Seite sehe, ein Schauer über den Rücken jagt, trifft die Kleine. Eine Mischung aus kalter Verachtung, abgrundtiefen Hasses und etwas das ich nicht wirklich deuten kann. Dieser Blick reicht aus, um die letzten Mauern der Selbstbeherrschung bei der Gefangenen zum Einsturz zu bringen. Sie schreit dank des Knebels nicht laut, aber ihr ganzer Körper erbebt unter gedämpften Schluchzern. Ihr ganzer Leib zittert wie Espenlaub, ihre Blase gibt nach und entleert sich. Zusammen mit ihrem von der Prügel geschwollenen Gesicht macht sie einen wirklich jämmerlichen Eindruck, wie sie da in den Fesseln hängt. Aber

Gnade steht nicht auf der Tagesordnung jedenfalls jetzt nicht. „Herrin wenn ihr so großzügig seid und sie uns überlasst, werden wir ihr die Finger brechen, einen nach dem anderen. Damit sie nie wieder ihre böse Kunst gegen einen von uns ausüben kann. Dann werden wir sie mit glühenden Eisen blenden oder ihr die Augen ausbrennen, um uns vor ihrem bösen Blick zu schützen. Wir werden ihr die Zunge mit einem glühenden Messer rausschneiden, damit sie nie wieder jemanden in ihren Bann schlagen kann. Sobald wir all diese Vorsichtsmaßnahmen getroffen haben, werden meine Männer ihr zeigen, wie es sich anfühlt, wenn man nicht mehr Herr über seinen eigenen Körper ist. Wie es sich anfühlt, wenn andere darüber bestimmen was mit ihm passiert. Diese Lektion wird sehr lange dauern." Die nächsten Worte richtet er wieder direkt an die gefesselte Frau. „Und lange vor dem Ende wirst du um den Tod betteln Wabaryka. Aber er wird nicht schnell kommen. Wenn deine Haut durch unsere Peitschen zerfetzt ist und deine Körper durch unsere Lektionen wund ist werden wir ihn mit Pisse und Salz einreiben, die Sehen deiner Füße werden wir durchschneiden. Dein verfluchtes geschundenes Fleisch wird in der Sonne braten. Der Durst und die unsäglichen Schmerzen werden dich in den Wahnsinn treiben. Bevor dich der Tod gnädig erlösen wird. Das deine Seele auf ewig in der Geisterwelt wandeln wird, von allen als das erkannt, was du dann bist, ein hilfloser, geschändeter und enthorter Krüppel. Die Ahnen werden dich verstoßen und deine Götter dich verachten. Sie werden dich verfluchen die Letzen Stunden deines jämmerlichen Lebens immer und immer wieder zu durchleben." Selbst ich schaudere. Das Schicksal, das dieser Mann der jungen Frau, die vielleicht Achtzehn Jahre alt ist zugedacht hat, ist wirklich grausam. Verstümmelung, Folter und eine Vergewaltigung durch eine ganze Klinge und dann einen langsamen qualvollen Tod. Aber noch grausamer ist die Kälte in seiner Stimme. Die nüchterne Art mit er die Qualen aufzählt und der starre Blick. Wie der eines Krokodils das auf sein Opfer zu schwimmt. All das ist ein Versprechen, das kein Zorn und keine Leidenschaft ihn dazu verleiten wird, sie vorschnell zu töten. Das er all das, was er ihr angedroht hat auch gnadenlos umsetzten wird. „Dafiri ich denke darüber nach sie dir und deinen Männern zugeben. Aber jetzt lass uns allein!" Beim Gehen flüstert er ihr noch etwas ins Ohr, das ich nicht richtig verstehe. Es klingt wie. „Brennen wirst du für deinen Zauber Wabaryka." Dann dreht er sich abrupt um und verlässt schnellen Schrittes das Zelt. Die Kleine beruhigt sich nur langsam, ich gebe ihr Zeit, bis die Tränen versiegen und das Zittern aufhört. „Mein Name ist Rea …, Rea Traumweber, … Herrin?" Beginnt sie zu sprechen, immer noch von einzelnen Schluchzern unterbrochen. Ihre Aussprache der Karawanensprache klingt für meine Ohren ungewohnt. Mein Gesicht bleibt ausdruckslos. Während ich gewartet hatte, hatte ich mich neu positioniert. Nun stehe ich sodass, wenn sie den Kopf ganz zur Seite dreht mich grade so im Augenwinkel sieht. „Herrin bitte gibt es… eine Möglichkeit das ihr mich nicht diesem Nagital ausliefert?" Ich ziehe meine linke Augenbraue hoch. „Du bist jetzt eine Sklavin und wenn dich der Dafiri als Kriegsbeute haben will kann ich ihm das kaum verwehren. Immerhin stammte der Plan, durch dem dein Stamm gefallen ist von ihm." „Er ist ein Dämon der Wüste, ein Traumfresser, ein Nagital" Ihr stimme schnappt bei diesen Worten fast über. Ich schüttle den Kopf, „Nein, er ist nur ein Soldat im Dienst des Fürsten Jolga, meines Meisters." Das Mädchen beginnt wieder zu zittern. „Nein, er wird mich töten und meine Seele verschlingen." Schreit sie panisch. „Nur ein Dämon kann aus dem Traum der tausend Qualen unbeschadet entkommen." Also hat die Kleine den Dafiri mit irgendwas erwischt. Nur hat es wohl nicht funktioniert. „Dann ist deine Kunst ist schwach, wenn sie nicht mal einen einfachen Soldaten bezwingen kann." Stichel ich. „So scheint es, bisher konnte ich jeden in Träumen und Illusionen einsperren. Ihnen Genüsse oder Qualen bereit ganz wie es mir beliebte. Egal ob Mann oder Frau, Häuptling oder Kind. Als er auf mich zukam habe ich alle Muster, die ich breithielt auf ihn gewirkt. Doch er ertrug den Schmerz und fand einen Weg aus dem Traum, bevor ich ihn töten konnte." Sie klingt resigniert und total verängstigt. „Es gibt nur einen Stand." Erkläre ich ruhig. „Den er niemals anrühren wird." Sie hebt leicht den Kopf. „Und welcher wäre das?" fragt sie hoffnungsvoll. „Weber die im Dienst eines Fürsten stehen oder selbst schon adlig sind. Ein Soldat wird sich an einer solchen Person niemals vergreifen." Von draußen erklingt der verzweifelte Schrei einer Frau und das dreckige Lachen einiger Männer. Verdammte Schweine, der Haufen braucht dringen mehr Disziplin, aber für meine Überzeugungsarbeit war es sehr passend. „Wie könnte ich in den Dienst eines Fürsten kommen Herrin? Das Talent Magie zu weben besitze ich." Ich sehe sie skeptisch an und das muss ich noch nicht einmal spielen, denn ob dieses Mädchen das Zeug hat die harte Schule der Fäden im Schattental zu absolvieren stelle ich in Zweifel. „Du willst eine Schülerin werden? Deine Zukunft, dein Leben und all deine Fähigkeiten in den Dienst eines Fürstens stellen. Hältst du es dann mit deiner Treue ihm gegenüber genauso wie gegenüber deiner Schamanin?" Die Verachtung in ihrer Mine als sie die nächsten Worte spricht überrascht mich. „Surkika war alt und schwach. Sie konnte die Fäden nie so gut weben wie ich. Außerdem wollte sie nicht verstehe das wir von den Blutgöttern auserwählt und gesegnet sind." Mit der Einstellung passt sie wieder ganz gut zu meiner Zunft. „Wenn ich meinem Meister von dir erzählen soll. Ihm von deinem Wunsch berichten soll, dass du ihm dienen willst, erwarte ich eine Gegenleistung." Wieder kehrt die Angst in ihre Züge zurück, vertreibt den Funken der Hoffnung der grade erst aufgeflammt war. „Wenn ich kann, werde ich den Preis bezahlen, Herrin." Ich stelle mich so hin, dass sie mir direkt ins Gesicht schauen kann, nehme meinen Schleier ab. „Erzähl mir von euren Ritualplätzen und erzähl mir alles, was ihr während des Angriffes gemacht habt!" Erzähl mir alles von deinem Kampf mit den Soldaten!" Um meine Worten Nachdruck zu verleihen, greife ich tief in die Welt der Fäden. „Erzähl mir alles und nur die Wahrheit!" Ich weiß, wie ich aussehe, wenn ich meine Muster wirke, viele erschreckt es abgrundtief so auch mein gegenüber. Die schrillen panischen Schreie klingen als wolle ich ihre Seele durch ihre Augen herausreißen. Als sie mit dem Reden anfängt spricht sie so schnell, dass ich sie zuerst überhaupt nicht verstehe.

Als ich das Zelt und die ehemalige Schamanin Schülerin verlasse, habe ich jede Menge Informationen über Orte der Magie in diesen Bergen und eine ungefähre Vorstellung was uns getroffen hätte, wären die Soldaten nur etwas später in dieses Zelt eingedrungen. Jeder von uns wäre in einen Traum gezogen worden, hilflos hätten uns die Berger dann abgeschlachtet. Worauf die Kleine aber immer wieder besteht, ist das der Dafiri aus einem Traum entkommen ist. Ein Traum, der eine ganze Klinge oder noch mehr Männer hätte, gefangen halten können. Aber wie soll ein Gemeiner aus so etwas entkommen? Nur wir Weber können die Fäden berühren, mit und nach unserem Willen formen. Das Rätsel muss ich lösen. Aber erste einmal muss ich meinen Meiser berichten. Auf meinem Weg durch das Lager sehe ich das die meisten Soldaten schlafen. Nur die Wachposten sind noch auf den Beinen und natürlich meine unermüdlichen Knochenkrieger. Auch ich spüre, wie die Müdigkeit in mir aufsteigt. Es war eine lange Nacht.

„Meister darf ich euch kurz stören?" frage ich unterwürfig, da ich merke das er in mieser Stimmung ist. Im Zelt des Häuptlings ist eine ähnliches X aufgebaut, wie ich es genutzt habe. Nur das die Alte nicht mit dem Rücken an das X gebunden ist, sondern mit dem Bauch. Im Zelteingang stehen warte ich auf die Erlaubnis. „Komm rein Schülerin." Er winkt mich zu sich. „Die Alte hier ist ein stures Geschöpf. Wie läuft es bei deiner

Gefangenen?" Mit Triumph in der Stimme berichte ich. „Gut Meister, sie möchte eine Audienz erbitten, um sich in eure Dienste zutreten." Trotz ihrer vielen Wunden versucht sich die Alte aus ihren Fesseln zu befreien. Ihr nackter Körper ist voller frischer Verbrennungen. Mein Meister nutz also eine nicht magische Methode, um die Schamanin zu brechen. Doch noch ist ihr Wille ist stark. „Weißt du alte Vettel deine kleine Schülerin hat mir all eure Ritualplätze verraten" Erzähle ich ihr während ich auf sie zu gehe. „Rea hat nichts ausgelassen, es hat nur so lange gedauert, weil sie mir in jedem dritten Satz erzählen musste, wie bemitleidenswert du bist, wie schwach, wie dumm. Wenn du nicht redest, sie wird es mir erzählen. Nachdem sie mir alles erzählt hat, führe ich sie hier her und lasse sie dich auspeitschen. Ich glaube du weißt, wie sehr sie dich hasst." Ich bin immer näher an sie herangetreten, so dass ich ihr die letzten Worte ins Ohr flüstern kann. „Du hast versagt, eure Geheimnisse liegen uns zu Füßen. Dein Stammesleute sind jetzt unsere Sklaven oder meine Knochenkrieger. Die Mando tränken diese Berge, das Westblut mit eurem Blut. Ich denke du hast den Schlachtruf erkannt, oder? Deine Schülerin hat es, Kazar at Galoch Kazar und sie fangen grade erst an. Deine Welt wird brennen im uralten glühenden Zorn der Mando." Es sieht so aus als trifft sie jedes Wort wie ein Peitschenhieb ins Gesicht. Zum ersten Mal begreife ich wie viel Angst die Talerea vor den Mando haben. Bei Rea dachte ich noch es liege an der Panik vor dem Dafiri. Aber auch die Alte gestandene, sture Frau hat Angst vor dem Schlachtruf und dem alten Zorn der Mando. Was ich nicht verstehe, die Mando sind Wüstenräuber, Händler und Söldlinge. Sie sind keine dämonische Armee. Im Reich sind sie das Ziel von Spott und Verachtung. Kaum höhergestellt als Sklaven. Doch die Wilden hier fürchten sie. „Schülerin bring mich zu deiner Gefangenen, dann darfst du vielleicht mit der Alten weiterspielen." Ich senke den Blick, das Einzige, was verraten kann wie widerlich ich diesem Gedanken finde. Wenn es notwendig ist, tue ich so etwas, aber nicht aus reinem vergnügen. Auf dem Weg zu Rea erzähle ich meinem Meister wie ich sie zur Zusammenarbeit gebracht habe, von ihrer Angst vor den Mando. Als wir das Zelt betreten ist sie immer noch angebunden, auch ihre Augen habe ich wieder verbunden. Auch wenn ich nicht glaube das sie noch einen Fluchtversuch startet, kann man das nie genau wissen. „Herrin seid ihr das?" Angst tränkt jede Silbe. „Ja Rea und ich habe meinem Fürsten mitgebracht." Mein Meister schaut sich Rea genau an, scheint nach Spuren von Folter oder so etwas zu suchen. Dann spricht er mit ihr, fragt nach ihren Motiven, ihren Fähigkeiten. „Schülerin, mach sie los!" Natürlich führe ich den Befehl aus. Ohne die Fesseln, die sie aufrecht halten fällt sie auf die Knie. In den von ihrem eigenen Urin getränkten Sand. Sie kniet vor ihrem neuen Gebieter. Der sich ihr gegenüber großzügig zeigt. Natürlich schwört sie ihm die Treue. Aus Angst vor den Soldaten, aus Angst vor mir, doch genauso aus Machtgier. Armes Ding sie wird bald merken, was sie in den Knochenbergen erwartet, wenn sie als Anwärterin in das Schattental kommt, die Grundschule der Weber. Nur jeder zweite Schüler überlebt diese Schule. Das ist der schlimmste Ort, den ich kenne und mein Aufstieg zur Schülerin kam einer Erlösung gleich. Nun stehe ich in einem nach Angst und Urin stinkendem Zelt, während mein Herr und Meister seinen neuen Fund in unser Lager bringen. Er wird sie ein Lullen ihre Schwächen finde und diese Geschickt einsetzen wie bei jedem anderen Weber in seinen Diensten. „Willkommen in der Ersten Hölle Rea Traumweberin, dem Leben." Schicke ich ihr als Abschiedsgruß in Gedanken hinterher.

6. Kapitel: Die Hölle unter der Erde
[Laran]

Berge des Wehklagens. Erobertes Talerea Lager.

Der alte Tempel und die Weberin der Knochen

Die Beute war verteilt worden. Ein paar Münzen und Schmucksteine, Waffen und Kleidung. Aber die Order war gewesen das wir die Leichen plündern dürfen, das Lager sollte aber unversehrt gelassen werden. Werkzeuge und Vorräte sollen als Mittel zur Fortführung der Expedition eingesetzt werden. Aber im Rausch nach der Schlacht war vieles verschwunden oder „auf mysteriöse Weise" in die Taschen der Soldaten gelangt. Dazu sind die Männer oder zumindest viele von ihnen wie brünftige Büffel über alles hergefallen, was eine Spalte zwischen den Beinen hat, dass Recht des Siegers. Meinen eigenen Männern trichtere ich immer ein sich Frauen und keine Mädchen zunehmen und nicht allzu brutal zu sein. Wenn sie unbedingt eine von diesen verfluchten Bergern besteigen wollen. Aber ich habe heute genug Perversion gesehen, dass es für ein ganzes Leben reicht. Das wir nach einer Ewigkeit endlich beginne unsere alte Heimat zurückzuerobern ist richtig. Nur diese Grausamkeiten, ich hatte irgendwie gehofft wir zivilisierter sind als die Barbaren, die wir bekämpfen. Die Grausamkeiten und Qualen der Höllen sind nur die Spiegelbilder der Seelen, welche sie bewohnen. Kein Gott kann sich schlimmere Qualen ersinnen als das, was sich die Menschen gegenseitig antun. Wir sind alle Sünder und werden nach unserem Tod für all unsere Taten Buße tun. Bevor wir ins Paradis einziehen. Ein Teil des Paradises ist die Halle unserer Ahnen und dort die Freuden genießen, die auf uns warten.

„Dafiri!" Ruft eine Stimme die eindeutig der Schülerin gehört, obwohl sie nach dieser Nacht und im Befehlston viel von ihrer Sanftheit verloren hat. Mich in die Richtung wenden sehe ich wie sie zwischen zwei Zelten hindurch auf mich zukommt. „Herrin." Die tiefe Verneigung ist obligatorisch. „Er hat die Kleine ja richtig verängstigt. Er hat meine Befehle gut ausgeführt. Hätte er sie tatsächlich bekommen." sie macht eine Pause. „Hätte er der Frau wirkliches alles angetan, was er ihr versprochen hat." Sie fragt das ruhig und sachlich. Kein Vorwurf, nichts, was verrät was sie darüber denkt. „Atrast Mando'a, Herrin. Ein Mando steht zu seinem Wort." Antworte ich nüchtern. Obwohl ich froh bin es nicht tun zu müssen. Für ihre Taten sollte sie leiden und streben. Nur so zu leiden hat nicht einmal eine verfluchte Wabryka, soll ihre Seele wenig brennen, nicht verdient. Außerdem hätte mich solche Taten ewig verfolgt. Die Weberin vor mir kommentiert es nicht weiter. „Nehme er sich zwei Klingen und beginne er das arbeitsfähige Volk zum Tempeltal zu treiben. Anscheinend wurde ein alter Weg in das Tal gefunden der freigelegt werden muss." Ich schüttele traurig den Kopf. „Herrin, ich habe nur eine unvollständige Kling über die ich gebieten kann. Über die anderen Soldaten habe ich keine Befehlsgewalt. Der Kaslik besteht darauf, dass er allein alle seine Männer befehligt. Alle Anweisungen müssen von ihm oder seinen Stellvertretern abgesegnet sein." Ihr Blick wird kalt und hart. „Wir werden ja sehen, ob sich der Mann erdreistet meine Wünsche zu ignorieren. Er wartet hier!" Sie zieht wie ein Sandsturm ab, geladen und mit einer Ausstrahlung das jeder der ihren Weg auch nur ansatzweise kreuzt zur Seite springt. Weber, wenn sich die Welt mal nicht um sie dreht, werden sie gleich wie kleine Kinder wütend. Auf einem großen Korb sitzend, führe ich meinem Befehl aus, hier warten. Die Wartezeit vertreibe ich mir damit die Geschäftigkeit des Lagers zu beobachten. Soldaten die Wache stehen oder streife gehe. Auch sehe ich über all diese Skelettkrieger mit den grünen Flammenaugen. Sklaven, die unter Aufsicht Arbeiten verrichten. Aber etwas stimmt nicht. Nur was genau des ist entzieht sich meinem Blick. Viele Sklaven die in einem umzäunten schattigen Bereich, vielleicht eine Kamelkoppel sitzen. Der Schatten wird von einem großen Felsblock gespendet, der am Rand der Koppel steht. Frauen und Mädchen versuch sich zu trösten, immer wieder sind klage Gesänge zu hören. Von Zeit zu Zeit laufen Sklavinnen innerhalb der Gruppe hin und her. Was stimmt hier nicht? Ich kann es immer noch nicht genau sagen. Es dauert eine Weile bis mir klar wird was direkt vor den Augen von sechs Wachen und vor meinem Eignen passiert. Langsam gehe ich in einem weiten Bogen um den Felsen. Aber dort ist nichts zu sehen. Gut oder schlecht je nach dem, wie man es sieht. Hinter ein paar Zelten such ich meine Männer, die dort in Schatten schlafen und sich erholen. „Männer wacht auf! Es gibt Arbeit." Das führt zu einigem Murren und dem einen oder anderen herzhaften Fluch. „Die Idioten habe die Gefangenen anscheinend genau dort zusammengepfercht, wo ein Tunnel oder so etwas im Felsen ist. Wir müssen sie überrasche dann sofort darein, bevor noch mehr Berger verschwinden können." Jetzt sind alle hellwach. Passt auf ich denke mir das folgender Maßen …" Ich erkläre ihnen genau, was ich plane, einige Männer des Kasliks die merken das bei uns etwas vor geht schließen sich uns freiwillig an. Auch sie wollen nicht, dass sie eine unbekannte Anzahl an Berger frei und rachsüchtig um unser Lager schleicht.

Wir tun so als sammeln wir uns, um in Kolone Richtung Tempel zu marschieren. Als wir dicht an der Koppel sind gebe ich den Befehl, schneller als ein Rennkamel stürmen wir unter die verdutzten Sklaven, drängen sie vom Felsen weg. Wie ich es mir gedacht habe, ist in dem großen Felsen ein Spalt. Vermutlich war er verdeckt oder getarnt als wir diese Koppel als Sammelplatz für die Gefangenen ausgesucht hatten. „Los rein da Jungs!" Die ersten Vier Mann, die kleinsten meines Trupps kriechen als erstes in das Loch. „Irmud gibt Alarm und holt Fackeln!" Dann rutsche auch ich in die Spalte, der Weg ist eng und steil, grob genauen Stufen geben den Füßen kaum halt. Irgendwie zwänge ich mich durch, plötzlich ergreift mich die Angst das ich stecken bleiben könnte. Das ich weder vor noch zurückkann und so eine leichte Beute für ein rachsüchtigen Berger werde. Der Herrin sei Dank habe ich meinen Schild und Speer oben liegen lassen. Nach ein paar Schritten erweitert sich der Spalt zu einer schmalen Höhle, die durch einige Talglichter kaum erleuchtet wird. „Bring endlich Fackeln!" rufe ich nach oben, bevor ich mich in den Tumult stürze, der hier herrscht. Meine Leute werden von allen Seiten bedrängt. Ein Teil der Geflohenen und Berger Krieger versuchen uns zu überwältigen. Verdammt wo kommen die Krieger her. Mit einem „Blut! Blut für das Westblut!" werfe ich mich ins Getümmel, hacke und schlage mit einer kurz stiehligen Axt zu, trete, schlage mit meiner Faust zu. Kampfschreie, Schmerzensschreie, das Klingen von Eisen auf Eisen hallen durch den kleinen Raum. Das Echo verstärkt den ohnehin schon ohrenbetäubenden Lärm. Der Geruch von Schweiß, Blut, Scheiße und Pisse machen das Atmen unerträglich. Keine der zwölf Höllen kann schlimmer sein als das hier. Ein schneller, leichter Stoß mit einem Messer bleibt in Leder meines Harnisches stecken. Etwas stumpfes trifft mich am Oberschenkel. Verdammt wir werden hier fertig gemacht. Endlich kommen von hinter Männer mit Fackeln. Aber es sind keine Männer, es sind Knochenkrieger. Jeder trägt eine Waffe und eine Fackel. Eine nicht enden wollende Woge ergießt sich in die Höhle. Im Fackelschein ist zu erkennen das diese Knochenkrieger ihrem Namen alle Ehre machen. Bei anderen Gelegenheiten habe ich erlebt, wie sich solche wandelnden Skelette wie Gliederpuppen bewegen, kantig und unelegant. Sie sind dem Feind nur durch schiere Maße gefährlich geworden. Diese Kameraden drängen vor, schlagen, parieren. Ihnen fehlen die Erfahrung und Übung lebender Soldaten. Aber sie sind sehr gut für wandelnde Knochenhaufen. Ich stoße einen speziellen Pfiff aus, gebe meinen Leuten zu verstehe. „Alle Mann Schwerpunkt links, vorbereiten zur Treibjagd." Wenn wir es schaffen uns hinter sie zu schieben. sie einzukesseln wären sie erledigt. Bevor wir uns auch nur neuformiert haben, bricht die Moral der Berger zusammen. Die Flut aus Knochenkrieger mit grünen Flammen in den leeren Augenhöhlen. Die Schädelgesichter emotionslos, furchtlos, mitleidlos war zu viel für die Berger. Der Kampf in der Höhle endet mit Verwundeten und Verlusten auf beiden Seiten. Die Gefangenen werden brutal und schnell wieder nach oben getrieben. Plötzlich steht die Schülerin neben mir, ich hatte gar nicht bemerkt wie sie heruntergekommen ist. In der ganzen Höhle liegen Tod und sterbende Berger. Die grünen Augen der Frau schauen sich um, kalt und mitleidlos wie ihre Knochenkrieger. „Sind hier noch Bergbewohner, die arbeiten können, Dafiri?" Ich schüttle den Kopf. Im ersten Moment unfähig zusprechen. „Nein ... Nein Herrin hier sind nur noch Berger, die nicht von allein die Rampe hochkommen. Unsere verletzten werden grade rausgetragen." Ich deute auf zwei Mann die einen Dritten stützen und irgendwie die schmale Rampe hoch bucksieren. „Gut, tötet sie alle!" Die Knochenkrieger wenden sich um, bevor irgendjemand sie aufhalten könnte, schlitzen sie mit ihren Waffen den Bergen die Kehlen auf oder stechen sie ab wie Schlachtvieh. Schrei und gurglende Geräusch folgen dem Befehl. Eine junge Frau liegt vor mir auf dem Steinboden. Vielleicht siebzehn oder achtzehn, rundgesichtig mit der typischen breiten Nase und der braunen Haut der Berger starrt mich Hilfe suchend an. Ihre dunklen Augen vor Angst geweihte. Sie will nicht sterben. Ein Knochenkrieger packt sie am Schopf zieht sie ein kleines Stück hoch, mit einem Axtblatt tut er sein mörderisches Werk. Blut sprudelt aus ihrem Hals, die Frau, die jetzt nicht einmal mehr schreien kann, gibt ein gurgeln Laut von sich. Ihr blick sieht mich immer noch panisch an, während sie versucht mit ihren Händen die Blutung zu stoppen. Doch der Versuch ist sinnlos das Leben quillt zwischen ihren Finger hindurch. Nach kurzer Zeit bricht ihr Blick. Einige Zuckungen dann liegt sie still da, in einem See ihres eigenen Blutes. „Möge deine Seele in den Höllen ewige Qualen erfahren für die Sünden deiner Ahnen, Mädchen." Über einem Dutzend anderen Berger ergeht es genauso sie ertrinken in ihrem eigenen Blut. „Hat er die Flüchtigen schon verfolgen lassen?" Das war wieder die Weberin. „Was?" frage ich abwesend. Immer noch unter dem Eindruck des Todeskampfes der jungen Frau stehend. Sie ist eine Berger. Mein eingeschworener Feind. Doch diese um Hilfe flehenden Augen, werden mich noch lange in meinen Träumen verfolgen. „Nein Herrin, alle Männer, die ich hier unten hatte, sind nach dem Kampf hier angeschlagen." Dann nimm ein Klingen meiner Knochenkrieger und jage sie!" Sie reicht mir einen Handteller großen flachen Stein, wie am ihn oft in Flüssen findet. Er ist grau und glitzernden Adern durchziehen ihn. Darauf glimmt nicht heller als ein Stück Kohle in grünen Licht eine Rune. Deren Form ich beim besten Willen nicht beschreiben kann. Immer wenn ich denke ich sehe ein Muster stelle ich fest das es doch nur Teil eines andern ist. „Mit diesem Runenstein wird dir die Klinge gehorchen. Also los!" Eine tiefe Verbeugung, einige Schritte rückwärts, dann wende ich mich ab. So wie geht das jetzt? Den Stein in der linken Hand haltend sage ich unsicher. „Folgt mir alle!" Alle Skelette drehe sich zu mir. Ich grünen Flammenaugen werfen ein gespenstisches Licht an die Höhlenwände und Decke. Da ich nicht genau weiß, wie ich einzelnen Kriegern einen Befehl gebe, vor der Schülerin aber nicht unfähig wirken will, gehe ich voraus. Es ist seltsam, wenn einem ein Haufen bewaffneter klappernder Skelette schweigend folgt. Als ich dem gewundenen Gang, vielleicht einen alten unterirdischen Flusslauf folge geht mir die junge Berger Frau nicht aus dem Kopf. Die Berger verdienen ihr Schicksal alle samt. Aber ich töte, wenn möglich nur im Kampf. Ein solches Massaker, ich weiß wirklich nicht, was ich davon halten soll. Die Kälte in ihren Augen und die Grausamkeit steht in solchem Widerspruch, zu ihrer weichen melodischen und irgendwie gütigen Stimme. Aber wahrscheinlich bin ich ein Narr, dass ich eine Adlige mit Güte verbunden habe, selbst wenn es nur ihre Stimme war. Die Höhle wird immer enger bis ich kaum noch hin durch passe. Hier ist sicher Niemand schnell durchgekommen. Gewunden wie der Leib einer Schlange zieht, sich der Weg durch den Felse. Endlich sehe ich vor mir Licht, Tages Licht. Wie eine Motte folge ich ihm, die Angst macht sich in meiner Brust breit das am Ausgang ein Dutzend Berger mit gespannten Bögen oder Wurfspeeren auf mich warten. Dann stehe ich schneller vor den zwölf Richtern als mir lieb ist. Alles, was ich sehe als ich ins Freie trete ist ein gewundener steiler Bergpfad, der hinab in ein Tal führt. Weiter unten erblicke ich zehn, fünfzehn Menschen. Es ist zusehen, wie eine der Gestallten hoch zu mir deutet. Sofort kommt Bewegung in die Gruppe die Furcht vor den Schrecken, die der Berg ausspuckt, lässt jeden so schnell rennen wie er oder sie kann und der Zusammenhalt der Gruppe bricht auseinander. „Jagd sie, lasst keinen entkommen!" Die Skelette reagieren, wie Jagdhunde, die von der Leine gelassen werden. Jagdhunde, die nicht ermüden, nicht atmen und nicht essen oder trinken müssen. Die Hetzjagd hat begonnen.

7. Kapitel: Ein Meisterwerk der Kunst
[Rabia]

Berge des Wehklagens. Tempelruine nahe des eroberten Talerea Lager

Jemand hat sich viel Mühe gegeben den Zugangstunnel zu blockieren und zu verbergen. Er wurde mit Trümmern von behauenem Steinen zugemauert und dann mit Sand und Felsen versteckt. Im inneren liegen neunzehn skelettierte Leichen mit gebrochenen Beinen. Ich vermute Arbeitssklaven, die nicht mehr gebraucht wurden oder Zuviel wussten. In den Tagen die die Sklaven benötigen um den Zugang freizuräumen. Befasse ich mich mit den Zwillingen. Die Zusammen mit meinen Skeletten aus dem Zelt vertrieben wurden. Es ist mühsam ihre gebrochene Karawanensprache zu verstehen. Sie wurden bei einem Raubzug gefangen genommen und anschließend an diesen Stamm verkauft. Anscheinend sind Zwillinge in der Kultur der Berger in gutes Omen, irgendwas mit einer Zweigesichtigen oder zweiköpfigen Göttin. Aber am Ende waren sie tagsüber Arbeitskräfte unter der Fuchtel der Frau des Häuptlings und nachts der Privatbesitz der Häuptlingssöhne. Was ich durch sie erfahren habe und die liebe Rea glatt vergessen hat, ist das gar nicht eine Sippe gegen uns gekämpft hat. Nein es waren drei. Drei kleine Sippen von Jägern und Viehhirten. Das hier war eine Art Markt. Von den Sippen des Umlands. Normalerweise Leben hier nur einige Quellenhüter und der Rest zieht nomadisch durch die kargen Berge und Täler. Immer die Futter für ihre Tiere hinterher und dem Wild für die Jagd. Jetzt stehe ich nur vor der Frage, was ich mit ihnen mache. Das Einfachste wäre es sie zu den anderen Gefangen zu stecken. Doch ihr Schicksal dauert mich. Auf einer Reise von Sklavenjägern oder Räubern erwischt zu werden, davor ist niemand gefeit. Sie am Rand der Wüste oder jetzt freizulassen, würde ihr Schicksal besiegeln, als das es eine Gnade wäre. Ich habe sie erste einmal als Hilfskräfte in er Feldküche untergebracht. Bis ich eine Idee habe was mit ihnen Geschehen soll. Auch wenn mich weiterhin interessiert, wie der Dafiri der Kunst von Rea entkommen ist, lasse das Thema erst einmal ruhen. Die Auseinandersetzung mit dem sterbenden Kaslik und seinen Stellvertretern hat mich davon überzeugt das der Mando Dafiri noch der fähigste Offizier ist. Er könnte noch wichtig für die Expedition sein.

Die Kiste aus dem Zelt des Häuptlings erweist sich als wahrer Glücksfall. In ihr finden sich Münzen, aus Silber und Kupfer, verschiedener Prägungen. Etwas Hacksilber, von der Form der Bruchstücke wohl von einem silbernen Kerzenleuchter. In einen Lederbeutel waren Bergkristalle und Halbedelsteine, die hier in den Bergen gefunden werden. Auch Knochen und Zähne von verschiedenen Tieren liegen in der Truhe. Der Hort der Sippe oder eine Art Bank während des Marktes? Egal was es war für mich ist es ein Schatz, auch wenn ein Teil an meinen Meister gehen wird.

Die Sklaven haben den großen Zugang zum Tempeltal nach wenigen Tagen freigelegt. Damit können wir jetzt bequemer ins Tal hinabkommen als zu klettern. Danach müssen die Sklaven die Obelisken freilegen. Besser gesagt sie gruben immer auf der Seite der unsichtbaren Linie, wo die Steinwächter noch nicht reagieren. Verluste gab es als wir den Verlauf der Linie ermittelt haben. Doch war das für dies für die Grabungsarbeiten ein notwendiges Opfer. Die Sklaven graben auf der vor der Grenze so dicht wie möglich an den Obelisken ein Loch. Der trockene rote Sand rutscht, dann nach und kann wieder weggeschafft werden, ohne dass die steinernen Wächter die Talerea zerfleischen. Während ich warte das die Arbeiten voran gehen erkundete ich das Tal. Rea hatte gesagt das es verflucht sei. Das es Menschen die lange hier bleiben in den Wahnsinn treibt. Aber ich spüre nur Traurigkeit und Verlust. Das Tal muss einmal ein wunderschöner Tempel gewesen sein. Wahrscheinlich war es sogar einmal grün. Wobei nicht nur die Fassade im Nordteil der Tempel war. Jede Nische beherbergte eins eine Statur. In den Nischen, in denen sich nun die verfluchten Steinwesen verbergen, standen einmal Abrina die Muttergöttin und Zerktos der Herr der Anderwelt. Sie in der Ostwand er in der Westwand. Zusammen und doch getrennt. Gleich dem Tag und der Nacht, die sie verkörpern. In den nächsten drei Nischen standen dann Trimados der Herr der Meere und seine Schwester Galapade die Herrin der Erde. Als letzte der göttlichen Familie kam dann eine Figur von Minekris, der Herrin der Wüste, Wächterin des Tores zur Anderwelt, Tochter von Abrina und Zerktos. Über der einen Schulter eine Sonne, über der anderen einen Mond. Dann sollten zwölf vermummte gesichtslose Gestallten gefolgt haben. Die Seelenrichter, Verwalter der zwölf Höllen. Es müsste ein Bildnis von Wirsea Smarga der ersten Prophetin der Verkünderin

Der alte Tempel und die Weberin der Knochen

von Schwarz und Weiß gefolgt sein. Zum Schluss kam dann wohl andere Heilige. In anderen Tempelanlagen, die ich kenne, stehen die Figuren auf offenen Feld und die Pilger beschreiten den Pfad der Buße und des Glaubens, beten zu den Göttern und Gott gleichen Wesen. Verehren die Heiligen und die erste Prophetin. Das Tal hier war als Pilgerort angelegt denn auch der große Zugang liegt im Süden des Tales. So dass jeder der zum Tempel wollte diesem Pfad gehe musste. Warum sollte sich jemand die Mühe machen und jede Figur verschwinden lassen? Oder waren sie noch gar nicht da? War der ganze Tempel noch im Bau? Und warum sollte ein Tempel der wahrscheinlich für die Verehrung der Herrin der Wüste gebaut worden war von Steinwächtern bewacht werden, die mit Lichtmagie durchflutetet, sind. Irgendetwas passt hier überhaupt nicht zusammen. Der Lichtgott ist der Gegenspieler unserer Herrin der Wüste. Ich hoffe das wir das Rätsel lösen können, wenn wir in das Innere des Tempels kommen. Aber solange die Sklaven bis zur Erschöpfung schuften, mein Meister Rea indoktriniert und Dorga sich mit seinem neuesten Spielzeug amüsiert ziehe ich meine Stiefel aus, setze meinen nackten Füßen auf den heißen Sand des Tales und bete vor der ersten leeren Nische. Das Klappern der knöchernen Gebetsperlen, die ich auf einer Kette aufgefädelt habe, ist das einzige Geräusch in diesem Teil des Tals. Als ich die rituellen Gebete vor der ersten Nische beendet habe höre ich das leise Flüstern des Windes in den Felsen oder war es ein Seufzen? Sofort blicke ich mich um, erwarte einen Angriff oder einen ungebetenen Gast. Aber ich sehe niemanden. Ist dieses Tal doch verflucht? Habe einige der Seelen der hier verstorben es nie verlassen? Es ist schon Abend als ich den Pfad des Glaubens beende. Die letzte Nische, vor der ich beten kann, ist die der Verkünderin von Schwarz und Weiß. Sie hat viele der göttlichen Weisheit unserer Herrin verkündet. Sie war so sagen es die Legenden die erste Knochenweberin. Eine der größten und mächtigsten Frauen in der Geschichte.

Der alte Tempel und die Weberin der Knochen

Die Sklaven haben endlich die Obelisken freigelegt, sie mussten mehr als zwei Meter Sand abtragen. Die Runen, die wir von unserer Seite aussehen sind eine Warnung, geschrieben in den Runen des Lichts der verfluchten Sprache, die die Anhänger des ewigen Lichts Ligtalkuro verwenden. Ich mache mir auf einer Wachstafel Notizen versuche die Bedeutung der Runen zu erfassen. „Meister verstehe ich das richtig? Hier liegt oder schläft ein Priester, dessen Name aus allen Erinnerungen getilgt wurde. Der Schänder, der Verräter, der verderbte Anbeter der ..." weiter kann ich die Runen nicht lesen da der Rest auf der dem Tempel zugewandten Seite steht. Auf dem zweiten Obelisken sind einige Zeichen, die ich nicht erkenne, ich kann nur einen Satz entziffern. „Auf ewig gebunden, unendlichen Quallen, er soll nie die Freuden des Jenseits erreichen. Meister das klingt als hätten die Lichtfanatiker diese Tempel in ein Gefängnis verwandelt." Mein Meister nickt langsam als er die Runen noch einmal betrachtet. „Ja Schülerin, es scheint fast so. Bald werden wir es wissen. Aber zuerst müssen die Wächter weg. Azzarena du hast vermutet das die Obelisken die Kraftquelle der Wächter sind. Wie würdest du vorgehen?" Darüber habe ich in den letzten Tagen auch schon den Kopf zerbrochen. „Das ist doch einfach." Mischt sich Dorga ein, bei der Übersetzung der Runen war er sehr still aber jetzt versucht er sich mal wieder zu profiliere. „Nehmt die Sklaven, das ist jede Menge Blut, das wir für den Zauber „Blutkessel" verwenden und Boom, der Obelisk ist nur noch Schotter." Er grinst selbst gefällig. Von mir bekommt er für diese Idee nur ein Kopfschütteln. „Dir ist schon klar, dass die Sklaven dem Reich zugutekommen sollen?" Frage ich in vorwurfsvoll. „Kommen sie doch, das Reicht kommt in diesen Tempel." Unser Meister verfolgt unseren Disput wieso oft schweigend. „Wir brauchen keine Sklaven zu opfern, wenn meine Methode mit Knochen funktioniert, die wir schon haben." „Oh ist da jemand zimperlich, es nur Sklaven Azzarena. Berger Sklaven, ob die leben oder sterben, kümmert doch keinen. Da merkt man mal wieder das du nicht hochgeboren bist. Außerdem sei doch froh dann hast du mehr Knochen zum Spielen." Ich werfe ihm einen verächtlichen Blick zu. „Nur weil du die hohe und edle Kunst des Knochenwebens nicht gut beherrschst, muss du sie nicht gleich so abwerten." Sage ich in einem belehrenden Tonfall, von dem ich weiß, dass er Dorga stehts zur Weißglut treibt. „Du wirst sehen wie ich Erfolg haben werden totes Mädchen." „Wie hast du mich genannt?" frage ich mit eisiger Stimme. totes Mädchen ist eine der schlimmsten Beleidigungen für Leute wie mich. „Genug ihr beiden. Es reicht!" Geht mein Meister streng dazwischen, bevor ich zurückschießen kann. „Ihr bekommt beide eure Chance, jeder übernimmt einen Obelisken und sorgt auch dafür das der jeweilige Wächter unschädlich gemacht wird. Dorga du bekommst dreißig Sklaven für deine Bemühungen." Er deutet auf den rechten Obelisken. „Diesen wirst du bearbeiten. Azzarena du bekommst dreißig Knochenkrieger und nimmst den anderen Obelisken." Er wendet sich an seine Wachen gibt ihnen genau Anweisungen welche Sklaven sie holen sollen, die Alten und die verwundeten jeden der die Rückreise durch die Wüste nicht überstehen wird. Er geht damit ähnlich selektiv vor wie ich in der Höhle. Für meine Knochenkrieger sorge ich selbst. Die Fäden mit den ich ihre Muster gewebt habe laufen noch immer bei mir zusammen so muss ich nur die Augen schließen und einen Befehl denken. Zum Glück sichern genug von ihnen die Tal Umgebung ab, sonst hätte das nicht so einfach funktioniert. Die Reichweite für solche Befehle ist nicht sehr groß. Jetzt müssen die Wachsoldaten halt wieder allein aufpassen. Eine aufgeregte Anspannung macht sich in mir breit. Ich bekomme selten so frei Hand in der Wahl meiner Weberkunstmittel. Normalerweise würde ich jetzt Ritualkreise zeichnen und Kerzen aufstellen. Aber im Tal hat ein unablässiger, heißer Wind begonnen zu wehen. Als wolle es verhindern das wir die Wächter bekämpfen. Der Wind trägt den roten Staub in die Augen und jede andere

Öffnung. Er würde jeden Kreis zerstören und jede Kerzenflamme ersticken. So kann ich nicht viel tun, um mich auf das vorzubereiten was vor mir liegt, außer mich einsingen und im Kopf die Muster durchgehen. Meine Gebetskette wickle ich mir wie immer beim Weben, um den linken Unterarm, ohne groß darüber nachzudenken.

Im Tal entsteht Unruhe als die Sklaven zusammengetrieben werden. Es interessiert mich zwar wie Dorga diesen Haufen in Position bringen und halten will damit er mit seinem Blutzauber Schaden anrichten kann. Aber das ist nur ein flüchtiger Gedanke, bevor ich mich wieder auf das konzentriere, was vor mir liegt. Ein letztes Mal betrachte ich meine Skizze von den Obelisken, bevor ich mich in den Kreis meiner Knochenkrieger setze. „Beginnt meine Schüler." Ruft Jolga mit lauter Stimme. Der Anfang eines jeden Musters oder Rituals steht immer der Gesang. Beginnen tue ich mit einer einfachen, getragenen Melodie. Nach und nach nutze ich die volle Kraft und den vollen Umfang meiner Stimme. Die Melodie wird feiner und komplexer. Das Lied, zu dem sie sich zusammenfügt, ist langsam und getragen und passt zu der Trauer, die ich im Tal noch immer verspüre. Die Fäden beginne zu schwingen. Das Gefühl die Magie zu berühren, erfasst mich bringt mich in Hochstimmung. Ich lasse diese Hochstimmung in meinen Gesang einfließen. Während ich beginne die Muster zu weben. Gewandtheit, Stärke, Schutz, Knochenwandel, Gehorsam, Regeneration, Rüstung. Dieses dichte Muster kann ich weben, verknüpfe es mit den bestehenden in den mich umgebenden Knochenkriegern. Aber mir gehen langsam die Fäden aus. Dorga zieht auch an den vorhandenen Fäden, aber wie immer ohne jedes Feingefühl. Er webt nicht er veranstaltet ein Tauziehen. Dagegen ist meine Technik eine Filigranarbeit. Es dauert und erfordert höchste Konzentration, diesen Zauber habe ich noch nie in einem solch großen Maßstab gewirkt. Bisher habe ich nur aus einem Schädel eine Halterung für ein Buch gemacht. Die Welt um mich herum wird blass, als wenn Farbe und Geräusche fortgeweht werden. Alles, was bleibt sind graue Schemen und der klang der Magie. Diese Harfenmelodie die von hunderten Fäden, klingender Fäden erzeug wird. Jeder klingt anders und doch schwingt so viel Harmonie in der Musik. In dieser grauen Welt sehe ich meine Knochenkrieger grün schimmern, sehe wie sie zerfallen, wie der Knochenstaub einen Wirbel erzeugt. Jetzt kommt es drauf an ich muss dem Formlosen Form geben. „Ich verkünde, mein Wille erschafft deinen Körper. Du erschaffst mein Schicksal. Er hebe dich Gigant aus Knochen! Ich befehle es!" Diese Worte rufe ich laut. Im Geist stelle ich mir ein Bild vor und der Knochenstaub folgt diesem Bild. Ein Skelett vier Meter hoch, der Schädel etwas zu klein. Die Rippen durch Knochenplatten verbunden. Ansonsten ein riesiger Knochenkrieger, seine Waffen ein großer Hammer ist ebenfalls aus Bein erschaffen. Doch sind die Knochen viel dichter, stärker, belastbarer immerhin habe ich dreißig vollständige Skelette zur Verfügung gehabt. Einen kleinen Moment scheinen die Flammen in seinen Augen zu flackern. Die Echos der Seelen, die bis vorkurzen in den Körpern wohnten, wehren sich gegen meinen Willen. Ein ungleiches Kräftemessen beginnt, der Zorn und Hass der einstigen Besitzer der Knochen ist noch ihnen vorhanden, auch wenn die Seelen schon vor Tagen die Körper verlassen haben. Ein Echo mehr nicht. Auf dieses Echo trifft mein Wille, eine Bienenwabe, die von einem ein Schmiedehammer getroffen wird. Die schwachen Bestrebungen sich meiner Kontrolle zu entziehen sind innerhalb eines Wimpernschlag vorbei. „Vernichte den Obelisken!" Mein neuster Soldat stapft auf den Obelisken zu, schwingt seinen Hammer. Der Aufschlag ist ohrenbetäubend. Es hat den Anschein als schade der schwarze, unnachgiebige Stein des Obelisken dem Hammer mehr als dieser dem Stein. Das Muster der Regeneration beginnt zu wirken, die Schäden am Hammer wachsen sofort wieder zusammen. Ein Treffer, zwei, drei, die ersten Stücke fallen vom Obelisken ab. Beim vierzehnten Schlag bricht der Stein. Die obersten zwei Meter fallen in den Staub. In zwischen ist der Wächter herangekommen. Warum er nicht sofort gekommen ist als mein Diener seine Grenze überquert hat, weiß ich nicht. Ist ein totes Geschöpf für ihn weniger interessant? Jetzt aber stürmt er auf meinen Diener zu. In Gedanken sende ich meinem Giganten den Befehl zu. „Zermalme ihn!" Stein gegen Bein, uralte Lichtmagie der Vorväter gegen meinen Giganten. Ein Schlagabtausch beginnt, der den Boden erzittern lässt. Noch heilen die Knochenbrüche aber es kosten mich viel Konzentration die Muster stabil zu halten. Irgendetwas stimmt ganz und gar nicht. Warum zerfallen die Muster so schnell. Knochenregeneration ist zwar keine Muster das Schülern in meinem Lehrjahr beigebracht wird, doch ich beherrsche es schon seit einer Weile, daran kann es nicht liegen. Das Verhalten meiner Muster ist alles andere als normal. Oh, bei der Herrin, die Schläge des Wächters erschüttern nicht nur die Knochen, sie erschüttern auch die Fäden, meine sonst starken und festen Muster wanken. Immer wieder rutschen Fäden heraus. Er greift den Zusammenhalt der Muster selbst an. Langsam steigt Panik in mir auf, mit so etwas hatte ich noch nie zu tun. Ich habe von so einer solchen Wirkung noch nicht einmal gehört. Mein Gigant ist wirkungslos, meine größte Leistung in der Kunst ist nicht in der Lage dieses steinerne Monster ernsthaft zu schaden. Eine Männerstimme, die durch die Musik der Fäden geisterhaft klingt, sagt. „Sein Herz liegt auf Höhe seines linken Schulterblattes." Ich dreh mich nicht zur Stimme, mir fehlt die Konzentration für so eine Ablenkung. Aber ich lasse es auf ein Versuch ankommen. Ein wuchtiger Hammerschlag trifft die Stelle, wie in Zeitlupe beginnt der Wächter zu wanken, er taumelt. Mein Gigant nutzt die Situation aus, immer und immer wieder drischt er auf Schwachstelle ein bis der Mann aus Steinen zu Boden geht. Ein letzter Schlag bricht die Macht im Stein. Auf dem perfekten, weißen Steinkörper bilden sich Risse die sich immer schneller ausdehne, sich verzweigen bis nur noch Geröll und weißer Staub übrig ist. Von meiner unbändigen Freude angesteckt erhebt der Gigant seinen Hammer zu einem stummen Triumphschrei. Doch der zweite Wächter den, den Dorga fertig machen sollte steht noch. Sein Obelisk ist zerstört, doch er steht noch immer. Sklaven sehe ich keine mehr, aber das ist der lauf in dieser grausamen Welt. Die Welt an sich frage ich, obwohl ich meine unbekannten Ratgeber meine. „Wo liegt sein Herz?" „Seine Nase ist das Zentrum aller Fäden in seinem Körper." Sagt die Männerstimme hinter mir. So ist der Kampf entschieden, obwohl er noch einmal hart ist. Wer immer in dem Wächter gesperrt wurde, war ein sehr guter Faustkämpfer. Seine Deckung ist fast undurchdringlich, seine Angriffe schnell wie die einer Kobra. Der große Hammer ist einfach zu schwerfällig. „Knochen Wandel!" Der große Hammer zerfällt und aus ihn wachsen zwei kleine Hämmer. Inzwischen sirren die Fäden die aus den zerfallenen Mustern wie heiße Drähte durch die Welt der Magie. Wenn mich einer trifft, ist es als würde Haut gleichzeitig verbrennen und erfrieren. Die Schmerzen beeinträchtigen immer mehr meine ohnehin stark strapazierte Konzentration. Endlich treffen die Schläge meines Dieners sein Ziel und zeigen Wirkung. Nach einer Ewigkeit, die mich fast meine ganze Kraft kostet und die mich an den Rand eines Zusammenbruchs treibt, zerfällt auch dieser Feind zu Staub. Sofort lasse ich alle Muster fallen außer Gehorsam. Aus der Erschöpfung, der Nachwirkung von so viel Magie und den Auswirkungen des Kampfes zu kommen, dauert lange. Die Stelle an meinem Körper, wo mich die Fäden getroffen haben, sind taub, als sein sämtliches Blut aus ihnen gewichen. Erst als die Welt wieder Farbe bekommt, die Geräusche zunehmen und die Melodie der Magie langsam verklingt wage ich es aufzustehen. Mein Fürst und Meister wartet sicher schon. In dem Moment, in dem ich aufstehe, setzt der Schwindel ein, so setze ich langsam einen Fuß vor den anderen. Mein Kopf fühlt sich an als hätte ich

Tagelang nicht geschlafen und als würde jemand Nadeln hinter meinen Augen in meinen Schädel treiben, ganz langsam, aber unaufhaltsam. Eine der Wachen, an der ich vorbei gehe, kipp vor Schreck fast um als er ein Teil meines Gesichts sieht, das nicht mehr durch meinen Schleier verdeckt wird. Wenn ich die Kunst intensiv genutzt habe, passiert das häufiger. „Ah, Schülerin eine eindrucksvolle Vorstellung die du geliefert hast. Wo hast du die These für die Knochenmetamorphose und Regeneration gefunden? Ich habe sie dich nicht gelehrt." Seine Stimme klingt plötzlich scharf fast schon vorwurfsvoll. „In der Bibliothek in den Memoarien eines Bein Meisters von vor fünfzig Jahren, Meister. Es stand in der Abteilung für Schüler." Sage ich vorsichtig, nicht wissend, ob mein Meister es gut heißt das ich mir das Wissen angeeignet habe, ohne seine Kenntnis oder Erlaubnis. Er schüttelt den Kopf. „Ist dir klar was hätte passieren können, wenn sich dieser Gigant aus der Kontrolle befreit hätte?" Er sieht mich jetzt tadelnd an, verständnislos erwidere den Blick. „Warum hätte das passieren sollen? Ich habe das Gehorsamkeitsmuster mit verwoben. Außerdem hat sich noch nie eine Knochenkreatur aus meiner Kontrolle befreien können." Er wieder schüttelt den Kopf „Aber deine bisherigen Kreaturen hatten auch nicht die Kraft von dreißig Knochenkriegern, die dir im Leben feindlich gesonnen waren. Was habe ich dir über das Knochengedächtnis beigebracht?" Mein Kopf fühlt sich leer an, ich will nur noch meine Ruhe und nicht über Magietheorie nachdenken, aber wenigstens ist es eine einfache Frage. „Ihr habt mich gelehrt das Knochen frisch Verstorbener noch vom Willen der Seele, die sie eins bewohnt hat, durchdrungen sind." Er nickt „Und du hast dreißig Skelette von Menschen, die erst vor wenigen Tagen im Kampf gegen dich gefallen sind in einem Wesen gebündelt. Glaubst du das hat keine Bedeutung. Jedes Skelett allein ist unkritisch dafür hast du genug Übung aber ein Gigant?" Münde zucke ich mit den Schultern. „Es gab ein kurzes Aufflackern von Widerstand, aber das war nichts." „Also gab es Widerstand. Was hast du alles angewandt? Regeneration habe ich gesehen." Ich nicke bestätigen, eine wirklich dumme Idee mit den Kopfschmerzen. „Gewandtheit, Stärke, Schutz, Knochenwandle, Rüstung, Gehorsam und Regeneration." Er zieht eine Augenbraue hoch, sieht mich mit einem Ausdruck, an den ich nicht deuten kann. „Ein Knochengigant mit sieben Kreisen. Deine erste Großkreatur nehme ich an?" Stumm nicke ich. Wo durch dunkle Punkte beginnen durch mein Sichtfeld zu tanzen. „Ich weiß das dir die Arbeit mit Gebeinen liegt, aber das war unverantwortlich, grob fahrlässig. Dass das Weben immer mit viel Verantwortung verbunden ist, habe ich dir auch beigebracht oder es zumindest versucht. Aber jetzt schaff das Ding erstmal weg!" Er deutet auf den reglosen Giganten." Für alle sichtbar schnippe ich mit dem Finger der linken behandschuhten Hand. Dazu sage ich die Worte. „Es ist vollbracht, der ist Sieg mein, werde wieder totes Gebein." Beides ist nicht nötig, auf diese Distanz habe ich eine umfassende Kontrolle über die Muster. Aber all die Berger und Soldaten die ehrfürchtig den Kampf verfolgt haben, brauchen etwas das sie wissen das der Gigant auf meinen Befehl zerfällt und nicht, weil ich die Kontrolle verloren habe. Der Gigant zerfällt als die Fäden, die ihn zusammenhalten wieder in ihre wilde Form zurückkehrt. Erst fällt er auseinander als nichts mehr die einzelnen Knochen verbindet. Dann splittern diese in unzählige einzelne Fragmente ganz so also wollen sich die einzelnen Knochen, die ich mit meinem Willen verschmolzen habe, voneinander lösen. „Wenn wir wieder zu Hause sind werde wir uns über dein mangelnde Verantwortungsbewusst noch einmal ernsthaft unterhalten müssen Azzarena." Verdammt, Verdammt was soll das. Da will man einmal zeigen, was man kann und? Sofort erteilt er mir eine Rüge. Ich hoffen nur das die Rüge nicht allzu hart ausfallen wird. Auch wenn ich nicht verstehe, warum überhaupt eine Rüge notwendig ist. Wenn ich jetzt anfange zu diskutieren dann wird aus der Rüge noch eine echte Strafaktion. Kein Fürst wird gerne von seinen Schülern in Frage gestellt. Wenigsten war Dorga nicht, da sein höhnisches Grinsen hätte ich grade überhaupt nicht ertragen können. „Meister wo ist Dorga, ich kann ihn nicht sehen" Eine vage Geste in Richtung der Zelte. „Ihn hat sein Zauber umgehauen. Den Blutkessel simultan in zwanzigfacher Ausführung war nicht seine beste Idee." Ich stutze, mein Verstand ist zwar langsamer als eine Echse in einer eiskalten Wüstennacht aber die Zahl lässt mich stutzen. „Zwanzigfach ich dachte er hat dreißig Sklaven bekommen?" „Ja aber zehn hat der Wächter erwischt, bevor er sich zurückzog, um der Explosion zu entgehen. Du siehst aber auch aus, als ob du dringend Ruhe gebrauchen könntest. Leg dich eine Weile hin! Du wirst deine Kräfte brauchen, wenn wir den Tempel erkunden." „Ja mein Fürst." Was würde ich jetzt nicht alles dafür geben die Badehäuser der Hauptstadt nutzen zu können. Kühle und warme Wasserbecken. Dampfbäder alles gespeist durch heiße Quellen und dann eine sanfte Massage. Aber hier draußen könnte ich nur ein Sandbad nehmen. Allein bei der Vorstellung fühlt sich mein ganzer Körper wund an. Zwei Wachen des Fürsten begleiten mich bis zu meinem Zelt, das nach dem Freilegen des großen Zuganges im Tal aufgebaut wurde. Drinnen warten drei meiner Knochenkrieger auf mich. Hüter für meinem wenigen Besitz und nun Wächter über meinem Schlaf. Das Tal ist voller rachsüchtiger Berger Sklaven und das Letzte, was ich will, ist im Schlaf einem von ihnen zum Opfer fallen.

8. Kapitel: Die Angst aus alter Zeit

[Aldan]

Berge des Wehklagens, südlich der Götterbruchs, im Tal Hangarna

Im Götterbruch habe ich mich entschieden meine Karawane zu teilen, ein Drittel meiner Männer habe ich nach Schimbal geschickt, sie sollen sich dort schon einmal ohne ich umhören und Quartier machen. Mit dem Rest bin ich nach Süden gezogen, um mich bei ein paar alten Bekannt umzuhören. Wenn jemand weiß, was an den Grenzen der Berge des Wehklagens passiert, dann die stolzen Talerea. Die unangefochtenen Herren dieser Berge. Auf meinen früheren Reisen habe ich diese stolzen und unbeugsamen Bergbewohner schätzen gelernt. Man muss nur wissen, wie man sie zunehmen hat, dann sind sie einigermaßen umgänglich.

„Nein wir lassen keinen in unser Dorf, auch keine alten Freunde!" sagt der Häuptling des Talerea Stammes, der im Tal Hangarna lebt. „Aber Alfranik, du kennst mich seit Jahren und ich war doch auch schon mehrfach in deinem Dorf." Sage ich in einem letzten Versuch, doch noch Zugang zu einem Ort zu bekommen der mich vor etwa einem Jahr noch mit offenen Armen empfangen hat. „Als du hier warst, waren die Berge noch sicher. Das Singen und Lachen meines Volkes erschallten von Nord nach Süd durch die Berge. Doch nun verschwinden Sippen, wie Nebel unter der gleißenden Sonne. Solange das so ist, vertraue ich nur noch meiner Sippe und meinem Stamm!" Zur Bestätigung nickt er und will sich abwenden. „Großer Alfranik warte. Weißt du etwas darüber, warum die Sippen verschwinden? Ich meine wie kann das Volk der Talerea, Herrscher dieser Berge, denen sonst nichts entgeht. Nichts wissen?" Versuche ich ihn bei seinem Stolz zupacken. Was er beschreibt, ist fast das gleiche, was mein Vater gesagt hat.

Der alte Tempel und die Weberin der Knochen

Menschen verschwinden spurlos. „Der Sohn Hordan's spricht weise. Es gibt wenig in diesen Bergen was uns entgeht. Doch das Verstummen der Sippen könne wir nicht erklären. Talkusk wollte das Lager eines Jägerstammes besuchen. So wie er ist einmal im Mondlauf tut. Doch das Tal war leer, keine Zelte, keine Hütten, keine Leichen, keine Aas Vögel und vor allem kein Leben. Doch keine Armee die groß genug gewesen wäre dem Jägerstamm zu besiegen hat sich den Bergen genähert. Unsere Weisen sagen eine Macht aus der tiefe der Geisterwelt suche das Tal an dessen Rand der Stamm lebt heim. Jäger verschwinden, Späher, Reisende. Die Berge waren seit den Zeiten als wir die Dunklen bekämpft und vertrieben haben nicht mehr so unsicher. Nun ist es als träfe uns die späte Rache dieser verdammten, ehrlosen Totenanbeter. Einer unserer größten Schamanen hat vor Jahren prophezeit, wenn Karssaar sich erhebt und sein Name wieder durch die Täler und von den Gipfeln halt, werden sie kommen, die Dunklen und ihre Rache wird fürchterlich sein. Das Leben wie wir es kennen wird ertrinken in einem Meer aus Blut und Tränen. Und nun geht Sohn des Hordan." „Ich möchte keinen Streit mit euch großer und weiser Häuptling und hoffe das wir wieder zusammen lachen, wenn wieder die Zeit ist zu lachen. Diese Geschenke kommen von Herzen und ich bitte dich, dass du sie behälts als Zeichen meiner Freundschaft." Der Mann, wenn auch von einer namenlosen Angst durchdrungen ist nicht so dumm deswegen wertvolle Geschenke anzulehnen.

Es dauert nicht lange bis das Packkamel abgeladen ist. Die Ballen guten Stoffes und die zwei Beutel voll Salz werden ins Dorf gebracht. Wir verabschieden uns, um unserer Wege zu ziehen.

Wir folgen ein Stück dem Tal verlauf. Das Tal der Freunde, so nennen es seine Bewohner. Im Gegensatz zu vielen anderen Teilen der Berge des Wehklagens ist dieses Tal grün und fruchtbar. Wasser ergießt sich von dem Schnee bedeckten Gipfel des höchsten Gipfels des Gebirges in dieses Tal und dann weiter bis es in der Wüste versickert. Der große Überfluss an Wasser, der sich als verschlungen blaues Band durch das Tal windet, lässt hier Felder und Wiesen gedeihen. Was wiederum die Menschen erblühen lässt. Es macht mich traurig das anstatt dem Gesang und Gelächter unbeschwerter Menschen nun ängstliches Geflüster durch diesen Ort des Lebens halt. Nach zwei Kilometern drehen wir nach Norden ab. Dort gibt es einen Pass zu einem anderen Tal und von dort kommen wir dann in den Götterbruch zurück. Es schmerz regelrecht in den Augen als wir das Grün hinter uns lassen und wieder die rotbraune Öde vor uns haben. Noch einmal drehe ich mich um, werfe noch einmal einen Blick auf das Dorf am oberen Ende des Tals. Wie es sich, umgeben von einer Rotbraunen Bruchsteinmauer an die steilen Felswände schmiegt. Weiht im Osten sehe ich die zweite Siedlung der Sippe. Das Tal windet sich so wie der Fluss es in den Felsen gegraben hat. Die zweite Siedlung liegt eine Windung vor dem Ausgang des Tals. Dort ist sie grade noch vor den Stürmen geschützt und gleichzeitig die Wächterin vor allem, was aus der Wüste kommen könnte. Die Talerea nennen sie die Große Schwester, weil sie wie eine große Schwester das Tal und das kleinere Dorf, in das ich wollte, beschützt. Nachdem wir weitere zwei Kilometer in Schweigen hinter uns gebracht haben, auf denen ich mich zwinge mich nicht umzusehen, frage ich meine Begleiter. „Wie wurden wir beobachte?" Astavo spuckt aus. „Herr der Wachsamkeit, überall in den Felsen lagen Stammesleute. Die haben uns keinen Finger breit getraut. Außerdem haben deren Posten uns noch eine ganze Weile verfolgt. Die wollten sehen, ob wir wirklich gehen oder nur so tun." Mir entfährt ein Seufzer. „Ich habe die Talerea noch nie so verängstigt erlebt. Herr der Seltsamen Begebenheiten." Sage ich, ohne auf die Bewacher näher einzugehen. Auch habe ich noch nie gehört das sie einen Namen so ängstlich ausgesprochen haben. „Herr ich habe den Namen „Die Dunklen" noch nie gehört. Wer waren sie? Oh, Herr des freigiebigen

Wissens" fragt mein Karawanenmeister. Allein das er den Satz ausspricht fast, ohne mir einen Beinamen zu geben sagt mir wie sehr auch Astavo ins Grübeln versunken ist. Legenden hatte ich gehört, aber Legenden sind kein Wissen, trotzdem Teile ich diese spärlichen Kenntnisse. „Vor vielen Generationen haben die Toten und Dämonenanbeter, wahnsinnige Fanatiker in diesen Bergen und der Wüste gelebt. Ihre Macht und Eroberungsgier kannten keine Grenzen nur die Streiter des Lichtgottes und seine Priester konnten sich gegen sie stellen. Diese heldenhaften Krieger sammelten eine Armee. Jede rechtschaffene Seele, die eine Waffe halten konnte, kämpfe damit Bybolan verteidigt werden konnte. Die Dunklen wurden in die Berge zurückgedrängt, die Talerea Stämme setzten ihnen nach. Hier sollen schreckliche Schlachten zwischen ihnen getobt haben. Am Ende herrschten die Talerea und die Dunklen flohen. Wie auch immer, seit dem wachen die stolzen und unbeugsamen Stämme, eifersüchtig über diese Region. Mit der Zeit wurde das Wort Talerea gleiche bedeutend mit Bergbewohner. Boten des Lichts verkündeten uns Ligtalkuros Willen. Das wir die versprengten Überreste aller die gegen das Licht waren zermalmen sollen, bis das Ewige Licht bis in die Anderwelt strahlt. So berichten die Legenden. Aber das war vor über einem Jahrhundert, niemand weiß was damals wirklich geschah." Astavo räusperte sich. „Wenn die Bergbewohner solche Angst haben müssen, diese Dunklen schreckliche Gegner gewesen sein." Ich nicke nur denn ich kenne den Mut und Furchtlosigkeit der Talerea. Im Kopf setze ich auf meine Agenda mit den Weisen in Schimbal über dieses Kapitel der Geschichte der Region zu sprechen. Auch wenn vergangene Schlachten nichts sind, was mich der Zeit beschäftigen sollte. Meine Hoffnung in den Dörfern der Talerea Informationen zu bekommen war vergebens. In beiden Dörfern das gleiche, die Tore bleiben für alle nicht Talerea geschlossen. Die Gastfreundschaft war der Angst vor einem unbekannten, nicht greifbaren Übel gewichen. Aber wenigstens weiß ich jetzt dass die Talerea nicht die Quelle der Unruhe sind. Jedenfalls nicht die Sippen an der Nördlichen Grenze es Götterbruchs. „Vielleicht sind es nur Sklavenjäger aus den Savannen oder aus Schimbal?" überlegt Astavo. „Vielleicht, aber es ist schon ungewöhnlich das niemand etwas weiß. Wer immer die Sippen und Stämme verschwinden lässt. sie … Es oder was auch immer sind gut, darin unerkannt zu bleiben. Erschreckend gut sogar." „Und was jetzt? Wohin soll ich uns führen Herr Wachsamkeit?" „Wir verlassen die Berge mal schauen ob die anderen in Schimbal mehr Glück hatten und wenn nicht versuchen wir es in den Oasen entlang des Salzweges." Für meine Leute bin ich zuversichtlich während sich meiner eine unerklärliche Furcht bemächtigt. Meine Fantasie beschwört dunkle Geister herauf die aus namenlosen Gräbern aufsteigen. Um sich nach Generationen unruhigen Schlafes an den Lebenden zu rächen. Schemen eingehüllt in schwarze Talare die die Seelen ihrer Opfer in die namenlosen Höllen der Wüstenleute ziehen. Was würde ich jetzt für Suris nähe geben. Ein fröhliches Lied, die Wärme ihrer Haut. Alles nur um diese dunklen Gedanken abzuschütteln. Ich schüttle den Kopf. Auf nach Schimbal die Salzstadt berühmt für ihre Weisen und Heiler und natürlich für das Salz das aus der Wüste kommt. Einige meiner Leute sind schon dort, sollen Quartier machen und sich umhören, ohne dass sie mit mir gesehen werden. Denn Suri Verdacht lässt mich nicht mehr los. Der Verdacht das mein Vater gar nicht meinen Erfolg wünscht und dass meine Brüder mich am liebsten Tod sehen wollen. Da sollte mein Stern weiter steigen ich eine Gefahr für sie werden könnte. Auf nach Schimbal.

9. Kapitel: Das erste Siegel
[Rabia]

Der alte Tempel und die Weberin der Knochen

Berge des Wehklagens, Tempeltal

Die Sklaven sind noch immer dabei die Obelisken in immer noch kleinere Stück zu zertrümmern. Jedenfalls die Sklaven, die noch leben. Ihre Stämme war unterworfen worden und die Überlebenden hatten gestern mit angesehen, wie dreißig von ihren Stammesbrüdern und Schwestern getötet wurden. Sie mussten zuschauen, wie zwanzig von ihnen begangen aus alles Körperöffnungen zu bluten und vor Schmerzen schreien als, das Blut in ihren Adern zu kochen begann. Bevor sie von innen heraus explodiert sind. Während zehn andere von einem Monster aus Stein zerfleischt wurden. Das schlimme daran ist das es so sinnlos war, mein Gigant hätte das auch allein geschafft. Unser Meister hat es sich nicht nehmen lassen das unter den auserwählten auch die Frau oder das Mädchen war, mit dem sich Dorga die Zeit vertrieben hatte. Dorga muss irgendetwas gemacht haben, dass unser Fürst der Meinung war sein Schüler einen kleinen Deckzettel bräuchte. Ihm fehlt jetzt sein Spielzeug was ihn noch übellauniger und reizbarer macht als gewöhnlich. Das er zusammengebrochen ist und ich nicht macht es auch nicht besser. Wo er doch immer darauf besteht das er der ERSTE Schüler ist, besser und weiser als ich. Ich habe es mir natürlich nicht nehmen lassen ihn dezent, mit einem süffisanten Grinsen auf sein versagen hinzuweisen. Was ich allerdings noch in Erfahrung bringen muss, ist wer mir den Hinweis gegeben hat wo das zentrale Muster der Wächter waren. Vor allem weil der Unbekannte weder die Sprache der Gemeinen noch die Zunge der Karawanen benutzt hat. Wie mir erst bewusst wurde als ich nach einem sehr langen Schlaf über den Kampf meditier habe, hat der Sprecher sich des Astarak bedient, der Hochsprache der Gelehrten, des Adels und der Weber. Welche adlig werden, sobald sie ihre Ausbildung abgeschlossen haben. Mir fallen nur drei Personen in diesem Tal ein die Astarak sprechen können. Mein Fürst, Dorga und ich selbst. Keiner der beiden würde mir einen solchen Tipp geben oder es auch nur können. Ein Weber kann die wilden Fäden sehen, aber wenn sie zu mustern verwoben sind, wird es schwierig. Eine meiner Lehrerinnen im Schattental hat es mal so beschrieben. „Stellt euch eine Weberei vor, ihr seht die Fäden, bevor sie zu einem Teppich werden. Sobald der Teppich fertig ist, seht ihr diesen, aber ihr kommt selten so nahe heran, dass ihr Struktur und die einzelnen Fäden im Gewebe seht. So ist es auch mit der Kunst, ihr werden fertige Muster sehen können aber nicht unbedingt auswelche einzelnen Mustern sie bestehen oder wie sie aufgebaut sind. Ohne euch auf wenige Meter dem Muster zu nähren. Aber irgendjemand in diesem Tal, konnte sehen, wie die Struktur der Muster ist und das aus beträchtlicher Entfernung, wie immer das auch möglich ist. Wieder muss ich an das seltsame Seufzen im Tal denken. Welches ich gehört habe als ich begonnen habe den Glaubenspfad zu beschreiten. Gibt es wirklich Geister in diesem Tal? Ruhe lose Seelen die nicht den Weg durch das Tor gegangen sind? Umso länger ich hier bin umso seltsamer kommt mir diese ganze Expedition vor. Woher wusste meine Meister von diesem Ort. Er hat uns Quer durch die Wüste geführte und dann in diese öden von Barbaren bevölkerten Berge. Nur um diesen Tempel zu finden. Ein Tempel unserer Herrin, der aber von alter Lichtmagie bewacht wird. Aber wenn ich ihn diese Fragen stelle, bekomme ich sowieso keine Antwort. So bete ich vor der leeren Augenhöhle, die einmal die Statue der Herr der Wüste beherbergt hatte, um Geduld und die Weisheit die Antworten auf meine Fragen zu erkennen.

Wir stehen vor dem freigelegten Tempeleingang der, der Herrin sei Dank nicht so tief im Sand verborgen war wie der Fuß der Obelisken. Der Eingang war mit Trümmern zugemauert worden. Aber nicht so versteckt worden wie der Zugang zum Tal. Jetzt sind die Trümmer entfernt und die alten Torflügel stehen einladen offen. Mein Meister kommt grade aus der Eingangshalle, die von ihm selbst und seiner Wache gesichert worden war. Hinter mir und Dorga stehen in ihren langen Sandfarbenen Wüstengewändern Soldaten aus alle drei Klingen mit ihren Dafiri. Alle haben wie ich auch wieder ihre Tücher vor die Gesichter gezogen. Der feine Staub ist zu einer richtigen Plage geworden. Mein Meister befindet sich in guter Stimmung. „Schüler ich habe eine Aufgabe für euch. Folgt mir dann werde ich sie euch zeigen. Aber dafür werdet ihr Soldaten benötigen. Jeder von euch kann sich eine der hier bereitstehenden halben Klinge aussuche. Dorga du hast als mein erster Schüler die freie Wahl." Mein Mitschüler schaut nur kurz zu den Abordnungen von je einem Dutzend Männer der Klingen. „Ich nehme die Klinge von Dafiri Kalid dort. Das sind die besten Kämpfer der hier anwesenden Truppen, von eurer Leibwache abgesehen Meister." Dabei wirft er mir ein gehässiges Grinsen zu. „Du hast was du bist die zweite Wahl." Mein Meister schaut mich an. „Und du Azzarena wen wählst du?" Am liebsten hätte ich gesagt niemanden meine Knochenkrieger reichen mir völlig. Im Gegensatz zu Menschen sind sie absolut loyal, doch sie stehen nicht hier. So vermute ich das unser Meister uns eine Lektion in Truppenführung geben will. Daher mustere ich die beiden verbleibenden Klingen. Die eine stammt aus der Haustruppe des Fürsten. Eine Truppe regulärer Soldaten, ein Teil der stehenden Militärmacht die jeder Fürst unterhalten muss. Die andere sind Mando Späher, die von dem Dafiri angeführt werden mit dem ich seit ich hier bin schon öfter zu tun. Da fällt mir die Entscheidung ziemlich leicht. „Ich wähle die linke. Die Klinge hat in den letzten Tagen brauchbare Arbeit geleistet und wird sicher von Nutzen sein." Dabei mustere ich noch einmal den Haufen, die Gewänder sind staubig, mehrfach geflickt und voller roter Flecken. Vor diesem Einsatz hätte ich sie als dreckigen Abschaum abgetan und sofort die Haustruppe genommen. Doch jetzt meine ich mein Urteil ernst. Der Meister dreht sich in

Richtung des Tempels. „Folgt mir, Schüler!" „Dafiri er und seine Männer folgen mir!" Gebe ich den Befehl weiter. Am Portal reichen uns Diener Fackeln. Unser Fürst führt uns durch das Eingangsportal und einen mehrere Meter breiten Gang. Dieser ist geräumig genug das ein Ochsengespann hindurchfahren könnte. Reliefs, die in den Stein geschlagen sind und farbig ausgemalt wurden, erzählen einem Gesicht. Leider habe ich kaum Zeit, um sie zu studieren, so schnell wie mein Meister voranschreitet. Aus den Bildern, die ich im schwachen Licht der Fackeln sehe, glaube ich es wird die Geschichte erzähl, wie die Welt unter den Göttern aufgeteilt wurde. Zuerst wurde die Welt der Lebenden und der Toten in zwei Reiche geteilt. Repräsentiert durch Sonne und Mond. Abrina die Schöpferin erhob sich zur Herrin der lebenden Welt und ihr Gemahl Zerktos herrschte über die Kehrseite des Lebens, die Anderwelt. Leben wird zu Tod und Tod wird zu Leben der ewige Kreislauf. Nichts lebt für immer, die unumstößliche Wahrheit des seins. Die Schöpferin des Lebens gebar aus sich selbst die Zwillinge Galapade und Trimados. Das Land und das Meer. Dann schenkte sie ihrem Gemahl eine Tochter, Minekris. Sie war Leben und Tod, Diesseits und Jenseits. Um dieser Dualität gerecht zu werden, wurde sie die Herrin der Wüste, ein Land in der Welt der Lebende, die dem Totenreich der Anderwelt aber sehr nahe kamm und sie wurde zu den Wächtern des Tores, durch das die Seelen der verstorbenen ihren Weg in die Anderwelt antreten. All das ist mit solch einer Kunstfertigkeit in den Stein geschlagen, dass es mir schier die Sprache verschlägt. Unser Meister schreitet Ziel gerichtet voran. Er hat keinen Blick übrig für die Reliefs, sondern führt uns in einem großen Höhlen artigen Raum. Der einst wohl als Kultraum gedient haben mochte. Unter dem spärlichen Licht einiger im Raum aufgestellter Fackel und Lampen, die die Soldaten der Leibwache verteilt hatten, sehe ich zwei Opferaltäre. Kupfernen Rinnen ziehen sich als Vertiefungen im Boden bis zu einem in den Bodeneingelassenen Kupferbecken, das das Zentrum des Raums bildet. Auf dem hellen Marmor der Altäre zeichnen sich dunkle Flecken ab und ich hoffe das mir meine Augen bei den diffusen Lichten hier drin einen Streich spielen. Eine solche nachlässig an einem Opferaltar kommt einem Frevel nahe. Hier scheinen die Wände nicht die Götter, sondern die Kultur, Wissenschaft und Macht eines alten Reiches zu preisen. Große Portale dominieren alle Wände des Raums, sowohl das durch welches wir grade eingetreten waren als auch in an den andern drei Wänden. Das Portal in der Nordwand das von den beiden Altären eingefasst wird, ist das größte, prächtigste und undurchdringlichste. Selbst in dem schlechten Licht sind zwei Manns große Riegel mit Runen darauf unübersehbar. Die anderen Portale sind große Türen aus Kupfer, aber ohne Riegel. „Seht ihr meine Schüler? Das ist eure Aufgabe. Jeder von euch wird durch eines der Tore gehen und die Räume dahinter erkunden. Sucht nach Siegelschlüssel oder ähnlichen, womit sich die versiegelten Riegel entfernen lassen. Dorga du gehst nach Osten und du Azzarena nach Westen! Die Leibwachen geben an die Soldaten, die mir folgen weitere Fackeln und Lampen aus. Da unser Fürst nicht mehr sagt und das Tor anstarrt, als ob es ihn persönlich beleidigt, wende ich mich zu meinem Dafiri. „Öffnete das Tor!" Im Licht der Fackeln der Soldaten sind mehr Details des Portals zuerkennen, das Tor besteht aus offenbar aus dunkel Holz auf das Kupferblech genagelt wurden. Auf jedem Blech stehen in Astarak eine Offenbarung der ersten Prophetin, zum Beispiel. „Die Herrin gewähr uns, ihren treuen Diener die Macht die unter Sonne der Wüster gebleichten Knoch zum Schutz der Gläubigen zu befehligen." Auf einer anderen Platte steht. „Aber die Seelen gehören den Göttern, wer sich ihrer bemächtigt oder ihren Weg nach dem Tod behindert, ist den zwölf Richtern zu überantworten!" Jeder Vertreter meiner Zunft kennt diese Offenbarungen. Es sind die unumstößlichen Leitlinien, die göttlichen Regeln unserer Zunft. Die Tore öffnen sich mit einem leisen Knarren, als sich die zwölf Soldaten gegen die Torflügel stemmen. Ein Gang eröffnet sich dahinter, fünf Meter breit und mindesten ebenso hoch. Ebent will ich an der Spitze, der mir unterstellten Soldaten in die gähnende Dunkelheit schreiten, als mich der Dafiri warnt. „Herrin Vorsicht, hier könnte alles mit Fallen übersäht sein. Wir müssen sehr vorsichtig sein. Männer Linie bilden! Nutz eure Speere, drückt auf jede von diesen dunkeln Bodenplatten. Achtet auf Drähte! Der Rest vier Schritte Abstand zu Front." Die Männer folgen den Befehlen ihres Dafiris blind, kein stellt irgendetwas in Frage, selbst die Männer in der Ersten Reihe folgen ohne Murren den Anweisungen. Der Gang macht in seinem Verlauf mehrere Biegungen wendet sich von Westen nach Norden. Im Schneckentempo und in tiefen Schweigen geht es durch die stille Dunkelheit des Ganges. Meine Geduld schwindet immer mehr, Dorga hat vielleicht schon etwas gefunden und kehrt zu Meister Jolga zurück. Ich muss das ganze hier beschleunigen. Plötzlich hebt einer der Soldaten in der Frontreihe die linke Hand. „Die Platte klingt seltsam, Dafiri" Der Boden ist hier, wie der ganze Gang, mit schwarzen, glatten Platten ausgelegt. Jede ist etwas mehr als anderthalb Meter lang wie breit. Die Soldaten schaben und klopfen jede der Platten auf unserem Weg an. Dabei ist einem ein leicht anderer Klang aufgefallen. Die Herrin muss den Mann mit sehr guten Ohren gesegnet haben den mir fällt erst bei zweiten Mal und genau hinhören etwas auf. „Wir müssen die Platte markieren, damit wir sie auf dem Rückweg nicht gefahrlaufen sie zu übersehen." Sagt der Dafiri. „Hat jemand, was dabei was wir dafür nehmen können?" Alle klopfen ihre Taschen ab. Mir fällt ein das ich in meinem Beutel ein Stück Kreide habe. Normalerweise benutze ich sie zum Zeichnen von Ritualkreisen oder für Skizzen von Mustern. „Hier Soldat, ziehe er einen Strich um die Fließe!" Der Soldat zuckt zusammen als ich ihn direkt anspreche. Der Dafiri fischt das Stück Kreide aus der Luft das ich dem Soldaten zu geworfen habe, bevor es zu

Der alte Tempel und die Weberin der Knochen

Boden fallen kann. „Du hast die Herrin gehört. Mach was sie gesagt hat." Der Dafiri drückt dem Soldaten die Kreide in die Hand. Das war kein Befehlston eher, als wenn ein großer Bruder mit seinem kleinen Bruder spricht. „Jawohl." Sagt er Mann noch immer etwas schockiert. Warum war der Mann so entsetzt? Noch vor wenigen Tagen führten sie meinen Befehlen ganz normal aus. Die schweigsame Anspannung breitet sich nach diesem Fund auch bei mir aus. Die Gefahr das überall Fallen sein könnten ist mir nur zu bewusst, so fehlt mir die Muse mir die Wände näher anzuschauen, das muss warten, bis wir den Tempel gesamtheitlich erkundet haben und gesichert. Flüchtige Blick verraten mir das die Geschichte der Götter und ersten Menschen erzählt wird. Immer wieder zweigen kleinere Gänge von dem großen ab. Zwei erkunde ich, sie führen immer mehrere kleinen Kammern. Sie könnten einmal Lagerräume oder Schlafkammern gewesen sein. Der zweite Abzweig ist bei weitem nicht so kunstfertig in den Stein geschlagen worden wieder Rest des Bauwerks. Überall sehe ich selbst im schlechten Licht die Spuren grober Werkzeuge im Stein. Ein zweiter Bauabschnitt oder ein Umbau? Die Anlage, soweit ich sie bisher erfassen kann, wirkt seltsam. Der erste Teil war definitiv ein Altarkammer. Wenn das wirklich einmal ein Tempel war, ein Tempel zu ehren der Herrin der Wüste. Fehlen aber die Kapellen für Ihre Eltern. Aber warum sollte ein solcher Tempel zu einem Gefängnis werden? Immer mehr Rätsel, ohne Antworten das geht mir langsam auf die Nerven. Nach einer Ewigkeit im dunklen Licht der Fackeln scheinen wir das Ende des Großen Gang erreicht zu haben. Er verbreitet sich zu einer breiten Kammer, ein Vorraum in dessen hintere Wand eine große Tür aus weißem Stein eingelassen ist. Im Stein der Tür sind kunstvoll ein Mond und ein Tor geschnitten worden. Die Symbole von Zerktos. Hinter der Tür könnte sich die Kapelle für Menekris Vater befinden. Doch etwas anderes zieht meine Aufmerksamkeit auf sich. Auf dem Tor prangen Astarak Runen, die einen bräunliche Farbe haben und verflucht nochmal so aussehe, als ob sie mit Blut geschrieben wurden. Blut das sich wohl durch Blutkunst in dem Stein der der Tür gefressen hat. Der auf dem linken Türflügel steht eine Warnung, auf dem Rechten etwas das ich nicht deuten kann.

Kehre um Reisender!	Auf ewig gebunden
Hinter der Tür	unendliche Qualen
wartet nur der	Lohn der …
Tod!	Ist ewig zu sein

Die letzten Runen auf der rechten Seite sind verwischt oder zerkratz, so dass der letzte Satz nicht ganz klar wird, ob es Lohn der Treue oder Lohn des Verrats heißt. Aber auch so reichen die Runen damit sich meine Nackenhaare aufstellen. Wurde hier wirklich jemand an den Stein des Tempels gebunden? Hatten die Obelisken recht mit ihrer Warnung? Das wäre ein Frevel an allem Geboten unserer Herrin. Die linke Warnung sagt wohl das hinter diesem Tor ein Wächter wartet. Wenn da noch ein beseelter Steinwächter wartet, bin ich erledigt. Die Soldaten warten teilnahmslos auf weitere Anweisungen. Natürlich kann niemand von ihnen Astarak lesen, wahrscheinlich können sie überhaupt nicht lesen. Wir müssen weiter, ich werde sicher nicht mit eingekniffen Schwanz zurückkehren und berichten das ich Angst hatte eine Tür zu öffnen. Ich straffe meine Gestalt, im Befehlston und fester Stimme sage ich. „Dafiri aufmachen!" Erst jetzt fällt mir auf, dass er als einziger von den Männern angespannt ist. Seltsam, aber er hatte wohl auch den Gedanken das blutige Runen selten sein gutes Zeichen sind. Die Männer stemmen sich gegen das Tor, langsam mit dem Kratzen von Stein auf Stein öffnet sich die Tür. „Gut so Männer, noch einmal alle zu … gleich" Mit dieser letzten Kraft Anstrengung öffnet sich die Tür soweit das zwei Männer grade so zusammen durch passen. Der Dafiri geht mit einer Fackel als Erster, ich als Zweite, mehr als ein Blick war nicht notwendig um den Männern klar zumachen das ich vor ihnen durch die Tür gehe. Auf der anderen Seite ist wieder eine große Halle deren Wände und Decke in der Dunkelheit verschwinden. Sie wirkt kahl und leer was sie wie Trainingsgelände oder so etwas wirken lässt. Aber nicht wie eine Kapelle in der sich die Lebenden von den Toten verabschieden. Plötzlich flammt ein grelles Licht unter der Decke auf. Es muss magisch sein denn ich kenne nichts, was sonst fast sonnenhell strahlen kann. Im nächsten Moment wünsche ich mir das das Licht nicht so hell strahlen und nicht den ganzen Raum ausleuchten würde. In der Mitte des Raums steht ein Gigant aus Knochen, anders als meiner ist er komplett in eine Rüstung aus Knochen gehüllt. In den Händen hält er ein Schwert und ein Schild. Hinter den Schlitzen seines Helms glimmt ein violettes Licht. Er sieht einfach perfekt aus, ein meisterliches Werk der Knochenkunst. Ein Seufzer entfährt mir, leider steht dieses Meisterwerk im Weg. Im kalten weißen Licht der Lichtkugel an der Decke ist eine steinerne Truhe zu sehen die hinter dem Giganten steht. Wieder mustere ich das gerüstete Skelett, wenn das Ding nur halb so stark ist wie mein Kolos, dann haben die Soldaten mit ihren Speeren und Äxten keine Chance. Verdammt, Verdammt was ist zu tun. Meine Gedanken rasen, Ideen blitzen auf, aber alle nutzlos. „Herrin wir erwarten eure Befehle, wir werden sie gehorsam ausführen." Sagt die Stimme des Dafiri hinter mir leise. Was bleibt euch auch anderes übrig? Befehlsverweigerung wird als Verrat grausam bestraft und das nicht nur am Verweigerer, sondern auch an seiner ganzen Familie. ... Gehorsam! Ich könnte versuchen mir seinen gehorsam zu erzwingen. „Dafiri, kann er den Giganten einige Zeit beschäftigen? Ich benötige Zeit für meine Kunst und sobald ich damit beginne, wird der Gigant auf mich losgehen." Der Dafiri schluckt schwer. Hier im Tempel hat er seinen Mundschutz abgenommen. Sein Gesicht zeigt noch immer spuren der Prügelei, aber Haar und Bart sind gepflegt, soweit man hier draußen sein Erscheinungsbild pflegen kann. Dunkle Augen schauen aus einem ovalen Gesicht. Das was von seinem Gesicht zwischen Bart und Haaren zusehen ist wirkt angespannt. „Wie ihr befehlt Herrin." In jeder Silbe steck das Unbehagen, einen Befehl auszuführen der ihn wahrscheinlich alle seine Männer und sein Leben kosten wird. Er dreht sich zu seinen Leuten um. Was er jetzt spricht, kann ich beim besten will nicht verstehen, die kehlige Sprache der Mando ist mir fremd. Die Männer legen an der Tür alles ab was sie behindern könnte. Ihre weihten Wüstengewändern, unter denen sie Lederrüstungen tragen, alle Taschen und sonstiges Gepäck. Jetzt sehe ich das der Dafiri nicht nur groß ist, sondern auch breit wie ein Ochse. Alle tragen erdfarbene Kleidung mit bunten Borten. Alles ist von einfacher Machart. Auch ihre Lederrüstungen sind abgetragen und häufig repariert worden. Sie treten nur mit ihrem Waffnen in der Hand an, die Blicke wie gebannt auf das Knochenmonster gerichtet. Noch einmal spricht der Dafiri mit seinen Männern, dieses Mal aber in der Zunge der Karawanen. „Männer ihr wisst was ihr zu tun habt. Wir lenken das Vieh ab und die Herrin wird es mit ihrer Kunst unschädlich machen. Ihr seid die mutigsten und besten Männer, die unsere Sippe zu bieten hat. Also los zeigen wir ihm was Mando können. Sollte ihr heute sterben könnt ihr unseren Ahnen in die Augen sehen und sagen Atrast Mando'a, ich bin ein Krieger tapfer und ehrenhaft. Ich bin ein Mando." Er atmet ein letztes Mal vernehmlich ein. „Kazar!" und seine Männer erwidern seinen Ruf mit „Kazar at Galoch Kazar!" Der Schlachtruf aus einem Dutzendkehlen halt von den Wänden von der Decke und schein ihnen zusätzlich Schwung zu verleihen. Als sie wie eine Maus auf einen Bären zustürmt. Sind sie wirklich alle so todesmutig? Wohl kaum aber sie folgen ihrem Dafiri, einige zögern, aber niemand bleibt zurück. In der großen Halle, die bis auf den Giganten und die Truhe leer ist, verteilen sich die Männer, stampfen mit ihren Waffen auf den Boden, kreischen und brüllen. Es sind wirklich Mäuse die einen

Bären reizen. Ich nehme meinen Turban und Gesichtsschleier ab. Alles, was meine Wahrnehmung behindern kann, und beginne mit meinem Gesang.

[Laran]

Berge des Wehklagens. Im inneren des Tempels, westliche Kammer

Ich hoffe nur die Schülerin braucht nicht zu lange, denn eines ist klar, lange halten wir das nicht durch. In einem Moment ist der Raum vom Gebrüll und vom Klopfen von Waffenschäften auf Stein erfüllt. Im nächsten Moment erklingt der Gesang, eine weiche und wohlklingenden Frauenstimme halt volltönend durch die Halle. Sie klingt von den Wänden wieder. Die Melodie ist, die eines Volksliedes. Der Text handelt von der melancholischen Schönheit der Wüste und der Heimat. Für einen langen Moment erstarren sämtliche Bewegungen, Männer und Gigant lauschen wie hypnotisiert der Musik. Sie schraubt sich hoch, ist aber immer noch voll und klar. Es ist, als wenn alles im Raum im Takt der Musik schwingt. Nicht nur die Fäden auch die Luft, der Stein und etwas tief in mir. Doch der Moment verfliegt, so schnell wie er gekommen ist. Das Katz- und Mausspiel beginnt von neuem. Die violetten Augenschlitze richten sich auf die Schülerin. Was auch immer sie macht sie hat gigantische Aufmerksamkeit erregt. „Männer werft nacheinander eure Speere! Ich beginne." Mit aller Kraft werfe ich meinen Speer, der mit einem dumpfen Laut an der Knochenrüstung abprallt. Aber, es lenkt ihn kurzzeitig ab. Sein großer gepanzerter Schädel sieht zu mir, seine violetten Augen prüfen, ob ich ein Feind oder doch nur Ungeziefer bin. Egal zu welchem Urteil er gekommen ist, er will mich mit seinem Schwert zerquetschen. Ein Schlag folgt dem anderen jedes Mal kann ich nur mit Mühe weghechten der letzte Sprung hat mich in eine Ecke getragen. Der Gigant macht sich bereit mir mit seinem riesigen Schwert den Rest zu geben. Als ihn ein weiterer Speer trifft. Wieder wendet er sich der neuen Bedrohung zu. Der Erschaffer hat die Kreatur zum Glück nicht mit viel Klugheit ausgestattet, sie schein sich immer der aktuellen Gefahr zu zuwenden und alles andere zu vergessen. Mit einem Satz gewaltigen verkürzt sie überraschend schnell den Abstand zum neuen Speerwerfer. Mit einem Schlag des mannshohen Schildes trifft die Kreatur ihr Opfer. Es wird mehrere Meter weit gegen eine Wand geschleudert prallt ab und stürzt noch einige Meter in die Tiefe. Wo er reglos liegenbleibt. Wieder wendet sich der Gigant der Schülerin zu, wieder fliegen Speere. Jedes Mal, wenn es durch den Raum schreit um auf einen Werfer los zugehen zermalmt es unsere Wurfgeschosse unter seinen Füßen. Die Schülerin ist immer wieder sein Ziel, mein Blick folgt ihm. Einen Moment später wünschte ich, ich hätte es nicht getan. Dort wo die vermummte Schülerin stehen sollte, steht ... etwas. Haare so hell wie der Wüstensand der Tor Wüste, die sich in einem heftigen Wind bewegen, den ich nicht spüren kann. Darunter, deutlich zu sehen ist ein Totenschädel, um den wie aus feinem Glas das Gesicht der Schülerin zu erahnen ist. Ohne das Einzelheit deutlich werden. Die grünen Augen glühen und lodern förmlich, wie die Flammenaugen ihrer Knochenkrieger. Auch die unbedeckten Hände sind nicht mehr als Fingerknochen, die sich bewegen, als sie die unsichtbaren Fäden verweben. Der Gigant stürmt auf sie zu, keiner von uns kann sie noch rechtzeitige erreichen, um ihr zu helfen. Das ist ihr Ende. „Herrin runter!" Rufe ich noch. „AUF DIE KNIE!" Donner ihre Stimme, hart und unnachgiebig wie Stahl. Arme Irre, als wenn dieser Knochendämon auf sie hören würde. Schießt es mir durch den Kopf. Der Gigant bremst wieder allen erwarten ab, zwei Schritte vor seinem Ziel kommt er zum Stehen und ... kniet sich vor dem ... etwas, was einmal die Schülerin war, hin. Ich verstehe die

Welt nicht mehr. Wie ist das möglich. Die violetten Flammen in seinen Augen sind erloschen. „Erheb dich mein Knochenkrieger!" befiehlt die harte Stimme und der Gigant erhebt sich. Das gleiche Grün, das immer in den Augen aller Krieger die sie befehlig brennt, lodert in seinen Augen auf, brennt dort hell und stetig. Alle meine Männer starren auf Giganten und Weberin und fragen sich, wer von beiden furchterregender ist. Ich für meinen Teil habe die Frage schon beatwortet. „Was starrt ihr so, helft den Verletzten, sammelt die Waffen ein, na los!" Treibe ich die Männer an, bevor einer noch etwas dummes sagt oder die Weberin sich von dem Blick beleidigt fühlt. Meine Schritte führen zu Balir, der am Fuß der Wand liegt. Einer meiner Männer kümmert sich schon um ihn. „Mehre Knochen sind gebrochen Dafiri, wenn er die Nacht übersteht, könnte er es schaffen." Aber in den Augen sehe ich das er nicht daran glaubt, was er sagt. Balir ist dem Tod geweiht. „Wir müssen ihn hier raus schaffen und zu einem Heiler bringen und das schnell. Männer macht aus Speeren und Gewändern eine trage!" Sofort beginnen die Männer eine Trage zu improvisieren. „Gibt es weitere verletzt?" Für einen Moment fürchte ich, dass weitere Namen fallen aber von überall her kommt nur ein „NEIN Dafiri." Zum Glück konnte Weberin den Giganten so schnell unterwerfen. Auch wenn es mir jetzt schwerfällt die Frau Schülerin zu nennen. Ich weiß nichts von der Kunst, bin mir aber sicher, dass das nichts Alltägliches war. Was wir grade gesehen haben.

Die Frau kommt auf mich zu, ihr Gesicht ist eine Spur deutlicher zusehen, aber es wirkt noch immer erschreckend. Ein längliches Gesicht, eine markante, scharfgeschnittene Nase. Schmale farblose Lippen und ein trotziges Kinn sind ansatzweise zusehen. Obwohl der Schädelknochen immer noch das dominierende in ihrem Gesicht ist. So versuche ich meine Mine in eine ausdruckslose Maske zu verwandeln, als sie mit mir spricht.

„Dafiri, gut gemacht, er hat nicht übertrieben als er meinte, er habe sehr gut Männer. Gibt es Verluste?" Die Stimme klingt wie immer, etwas deutlicher da sie keinen Schleier vor dem Mund trägt. Mit einem Nicken deute ich auf Balir der grade auf eine Trage gebetet wird. Dabei vor Schmerzen schreit. „Das wird sich noch zeigen Herrin, aber ich fürchte er hat seinen letzten Sonnenaufgang gesehen." Wieder stirbt ein guter Mann unter meinem Kommando. Wieder muss ich einer Familie erklären, dass ihr Sohn niemals mehr nach Haus kommt. Ich hasse es, wenn Männer, für die ich verantwortlich bin, sterben.

[Rabia]

Berge des Wehklagens. Im inneren des Tempels, westliche Kammer

Eine steinerne Kiste ist der Preis des Sieges. Ich lasse es mir nicht nehmen diese selbst zu öffnen. Darin liegen zwei Objekte. Ein Siegelstein, eine Art magische Schlüssel, ein Handteller großer flacher Stein in den Runen und Zeichen geritzt sind. Das zweite ist eine Steintafel in die vier Sätze eingeritzt wurden.

> Leben heißt Wandel.
>
> Wer starr ist muss gehen.
>
> So will es der Orden.
>
> So ist es geschehen.

Ich spüre die Blicke der Männer, die mich anstarren wie ein Monster. Sobald ich mich ihnen zuwende, schauen sie schnell weg. Das ist der Grund, warum ich normalerweise so viel wie möglich von meinem Körper verhülle. Und die Gesellschaft von Knochendiener bevorzuge. Sie werten nicht. Mir ist kein anderer Weber oder Weberin bekannt die so ein Problem hat. Die

Bewohner in meinem Heimatdorf hatten wohl recht als sie mich als wandelnder Fluch bezeichneten. Der Dafiri lässt sich nichts anmerken, sein Gesicht ist unbeweglich wie das einer Statur. Diese Technik, das Steingesicht ist bei Offizieren eine wichtige Voraussetzung, wenn sie in der grausamen und extravaganten Welt der Weberfürsten überleben und aufsteigen wollen. Nur spricht ein Steingesicht Bände, wenn es vorher nicht da war. „Dafiri wir rücken ab, ich habe, was ich wollte." Ein kurzer Ausdruck der Erleichterung blitzt in seinem Gesicht auf. „Männer Kolone bilden, wir rücken ab! Verwundeten in die Mitte. Die Träger der Trage geben das Tempo vor. Achtet auf die Kreide Markierungen. Los!" Kolone war zu viel gesagt zwei Mann mit Fackeln vorne, zwei hinten, vier Mann an der Trage, eingerammt von den restlichen drei. Mein neuer Gigant läuft hinter drein. Dieses Mal eilen wir schnellen Schrittes durch die Gänge. Nun macht sich das langwierige Fallen suchen des Hinwegs bezahlt. Nichts behindert unseren Rückweg. Die Truppe weiß genau, was sie tut, an jeder Markierten ließe bleibt einer aus der Vorhut stehen und Lots alle anderen um sie herum. Sofort übernimmt einer aus der Mitte die offene Vorhutposition. Die gelegentlichen Schmerzensschreie und das Stöhnen des Verletzten treiben alle zur Eile an. Auch wenn er sie zu unterdrücken sucht. Wieder durchqueren wir den lagen Gang schweigend. Nur ist es dieses Mal ein bleiernes schweigen. Die Männer wollen miteinander reden über den Kampf, über das Monster in Gestalt einer Frau, wollen ihre Angst im Schnaps ertränken. Doch all das trauen sie sich nicht, weil ich dabei bin. Wir erreichen die Eingangshalle, wo unser Fürst schon ungeduldig auf Neuigkeiten wartet. Das Schlusslicht unserer kleinen Truppe bringt dann die Wachen in hektische Bewegung. „Keine Sorge der gehört zu mir, Dafiri warte er hier und lasse er den Verletzten zu einem Heiler bringe!" Sofort bringen vier Mando die Trage im Eilmarsch nach draußen. „Meister darf ich berichten?" Er nickt, ich fasse zusammen was geschehen ist, seit

Der alte Tempel und die Weberin der Knochen

wir aufgebrochen sind und was ich gefunden habe. Ich ende damit das einer der Männer für eine dringende Behandlung nach draußen gebracht wird. „Du hast dir die Gefolgschaft des Giganten gesichert? Wie?" Fragt mein Meister skeptisch. Wie soll ich das beschreiben. Weben ist für mich immer eine Gefühlssache. Natürlich gibt es unumstößliche Grundlagen, aber Schwingungen in den Fäden zu nutzen oder zu wissen wann die Winde der Magie die Strömungen der Fäden ändern all das ist intuitiv. So etwas spüre ich, wie andere Menschen Wetterumschwünge spüren. Nach Worten suchend lasse ich meinen Blick durch die Halle schweifen. Aus den Augenwinkeln sehe ich wie der Dafiri leise, aber eindringlich auf seine Leute einredet. „Meister ihr habt uns gezeigt, wie wir gewobene Muster aus kurzer Entfernung erkennen könne. Nach dem ich das Muster genau untersucht hatte konnte ich nach dem für Gehorsam suchen. Dieses habe ich dann herausgetrennt und gegen mein eigenes Gehorsamkeitsmuster ausgetauschten." Das mein Fürst immer noch skeptisch ist, sehe ich ihm an noch bevor er weitere Fragen stellt. „Und dass alles, ohne das Gesamtmuster so zu schwächen das alles zusammenfällt und deine Soldaten mussten das Ding ablenken damit du die Zeit hattest? Schülerin das war Irrsinn. Du riskierst zu viel, das Leben von Soldaten und dein eigenes." „Aber was hätte ich dann tun sollen Meister? Ich hätte einen eigenen Giganten gebraucht und ob dieser stark genug wäre, weiß ich nicht." Der Meister schüttelt den Kopf. „Du hättest um Hilfe bitten können, immerhin habe ich dir nicht befohlen einen Giganten zu besiegen, sondern nur den Flügel des Tempels zu erkunden. Was ist los mit dir Azzarena? Seit wir auf dieser Expedition sind benimmst du dich sehr unvorsichtig." Ich blicke zu Boden. Froh, dass ich meine Kleidung auf dem Weg hier her wieder komplett angelegt habe. Mein Schleier verbirgt mein Gesicht. „Es tut mir leide Meister." Sage ich zerknirscht. „Ich will nicht hören das es dir leidtut Schülerin, ich will wissen, warum du so viele Risiken eingehst?" sagt mein Meister streng. „Ich weiß nicht, wie ich mich anders beweisen soll Meister. Ich bin jetzt seit über drei Jahren in euren Diensten und ich dachte ihr seid zufrieden mit meinen Fortschritten und doch habt ihr mich für keine Knochenkreisprüfung vorgeschlagen." So jetzt ist es raus. „Wenn du mir nicht zeigst das du mit Verantwortung umgehen kannst werde ich es auch nicht!" Die Worte treffen mich wie ein Hammerschlag. „Dann sollte ich wohl mehr wie Dorga lernen?" Frage ich verbittert. Immerhin hat Dorga schon drei Kreise in der Blutmagie erlangt. „Ich mancherlei Hinsicht ist dir Dorga auch voraus." Wie bitte dieser versoffene, rumhurende Idiot soll mir in irgendwas voraus sein? Am liebsten hätte ich mein Meister angeschrien. Nur mit Mühe kann ich mich beherrschen. Auch wenn ich mir sicher bin das meine Augen mich verraten. „Wo ist er eigentlich, ist er denn noch nicht zurück?" Versuch ich krampfhaft das Thema zu wechseln. Bevor meine Wut mich übermannt und ich etwas dummes sage oder tue. Mein Meister blickt zum östlichen Portal. „Nein und wenn er auch auf einen Giganten getroffen ist, dann könnte er in ernsten Schwierigkeiten stecken. Seine Fähigkeiten liegen im Kampf gegen Feinde aus Fleisch und Blut. Knochenwesen sind dein Spezialgebiet. Also bilde dir bloß nicht zu viel auf deine Erfolge ein, Schülerin." Dann schickt doch das nächste Mal euren blutrünstigen Schlächter in ein Dorf voller Berger, die waren alle aus Fleisch und Blut. Mit einer Handbewegung entlässt mich mein Meister, meiner und des Themas überdrüssig. Unschlüssig was ich jetzt tun soll, wandere ich in der Halle umher. Die Wände erzählen die Geschichte eines Reiches geboren aus Sand, Blut und Knochen. Im Laufe der Geschichte wird dieses Reich in einen fatalen Krieg verstrickt. Der das Land verheert und die Einwohner in tiefe Verzweiflung stürzt. Doch das Ende des Reiches bleibt ungewiss. War das das Oasen Reich? Aber das ist vorlanger Zeit gefallen. Oder doch ein anderes Reich? Denn selbst für Reiche gilt, nicht lebt ewig. Nach längerer Zeit kommt

Dorga an gehumpelt. Sein Gesicht ist bleich, schmerzverzerrt. Den linken Armt hält er dicht an den Körper gepresst. „Meister ein riesiges Skelett ... es ist nicht zu bezwingen ... Bitte helft mir." Presst er in abgehackt hervor. Die Wachen eilen zu ihm. Der Arm ist verletzt, Blut tropft an ihn herunter. Auch das Bein zieht eine Blutspur hinter sich her. Könnte es sein das er in etwas spitzes gelaufen ist. „Bist du gestolpert Dorga?" Ich kann mir die Frage einfach nicht verkneifen, so oft wie er über mich hergezogen ist, wenn ich mich verletzt hatte. Ob beim Training oder bei sonst einer Gelegenheit. „Azzarena!" Ich drehe mich zu meinem Meister um. „Gebieter?" „Beschaff mir das zweite Siegel das vermutlich in dem Raum liegt und räum den Wächter aus dem Weg. Sofort!" Seine Stimme klingt jetzt drängend und gefährlich, er ist seinem Ziel zu nahe, er wird keine Verzögerung dulden. Jetzt darf ich die ja in einigen Aspekt hinter Dorga zurück steht, mich um den Mist kümmern, den er nicht auf die Reihe bringt. „Dafiri, sammele er seine Leute am Ost Portal." Meinem großen neuen Knochenkrieger schicke einen Befehl in meinen Gedanken. Mit einer großen genugtun stelle ich fest, wie Dorga vor Schreck einen Satz nach hinten macht, als sich der Gigant aus den Schatten schält. Dabei landet er auf seinem verletzten Bein und stürzt. Ich schenke ihm für das Kunststück ein freudiges Lächeln, was er leider unter meinem Schleier nicht sieht.

10. Kapitel: Das zweite Siegel
[Rabia]

Berge des Wehklagens. Im inneren des Tempels, Ostflügel

Der Gang ist ein Ebenbild des westlichen. Nur das hier einige Fallen ausgelöst wurden. Unter den hohlen klingenden Platten sind Hohlräume in den fiese Steinspitzen mit Wiederhacken aus dem Boden ragen. Ganz offensichtlich waren Dorgas Männer nicht so vorsichtig wie meine. Auch wenn das nicht mein

Verdienst war. Ich wäre wohl auch in eine der Fallen getappt. Doch genau dafür hat man ja Untergebene, für die profanen Details. Von den ausgelösten Fallen ziehen sich Blutspuren weiter Richtung Wächterkammer. Dorga du Mistkerl du hast deine eigenen verwundeten Männer als Blutquelle mitgeschleift. Das hat keiner verdient der unserem Fürsten treu dient. Die Tür steht offen, der Knochengigant ist alarmiert. Vor der offenen Tür liegen die Leichen von Dorgas ganzen Trupp, bleich, ausgetrocknet und ausgemergelt. Die Gesichter und Körper vor Schmerz verkrampft. Er hat jeden Tropfen Blut von ihnen für irgendeinen Zauber genutzt. Der offenkundig versagt hat. Kurz denke ich über die Situation nach, aber mir fällt keine bessere Taktik ein als beim letzten Mal. „Dafiri, ich werde meinen Krieger in den Kampf schicken, seine Männer sollen den Giganten da drin wie beim letzten Mal ablenken und damit mein Krieger unterstützen." Der Dafiri verneigt sich leicht, um anzuzeigen das er verstanden hat. „Dafiri! Keine Heldenstückchen, keine Toten unterstütze er einfach mein Krieger das er einen Vorteil hat. Verstanten?" Er nickt, dreht sich zu seinen Leuten um, spricht aber dieses Mal nicht in der Sprache der Mando, sondern gleich in der Zunge der Karawanen. „Männer ihr habt die Wünsche der Herrin gehört, ihr lasst dem Knochenkrieger den Vortritt. Wenn die beiden sich prügeln, rücken wir vor, schlagen blitzschnell zu und ziehen uns zurück. Jedem der hier unbeschadet raus kommt gebe ich einen aus, sobald wir wieder zu Hause sind. Alle anderen müssen mir einen ausgeben." Die Männer lachen. Es ist ein angespanntes, irgendwie überdrehtes Lachen. Aus dem die Angst der Männer spricht. Sie hatten gesehen, wie leicht ein Gigant einen Mann tötet. Jetzt verlange ich ein zweites Mal an diesem Tag von ihnen gegen je solches Monstrum anzutreten. Der Dafiri schreitet voran. Die Männer folgen ihm wie die Wolken dem Sturm. Es läuft wie beim westlichen Wächter, wieder kostet mich das Eindringen in die fremden Muster sehr viel Kraft. Die

Farben werden blasser, die Geräusche schwinden. Die Zeit verliert ihre Bedeutung. Alles, was bleibt sind die Fäden der Magie, ihr ätherischer Klang angeregt durch meinen Gesang. Doch etwas ist auch anders, der Gigant hier wurde von einem anderen Weber erschaffen. Die Muster sind anders miteinander verwoben, mit mehr Sorgfalt und viel dichter. Ich finde keinen Weg hinein, kein loses Ende, an dem ich ansetzen kann. Zwei Mal denke ich einen Ansatz gefunden zu haben, aber es war jedes Mal eine Täuschung. Verdammt hier war ein wahrer Meister der Kunst am Werk. Nicht nur optisch wie beim letzten, sondern auch handwerklich. Langsam schwinden meine Kräfte. Nicht die in der in dieser grauen Welt zu bleiben, sondern die Welt der Fäden wieder zu verlassen. Die geisterhafte Melodie der Fäden wird lauter beginnt meine Konzentration zu stören. Die Muster sind und bleiben eine komplexe und stabile Struktur. Wo verdammt ist das Muster für Gehorsam? Oder wenigstens ein Angriffspunkt, um die Muster zu destabilisieren. Panik steigt langsam in mir auf, beginnt meinen Geist zu vernebeln. Wie ölige Schmiere macht sie sich breit, will mein Bewusstsein mit seinem dunklem Selbst ertränken. Da! ... endlich, ich sehe das Muster, das ich suche und einen Ansatzpunkt. Das lose Ende, an das ich anknüpfen kann. Komm schon Rabia konzentrier dich, noch einmal Höchstleistung und das Muster gehört dir, feuere ich mich selbst an. Die Welt ist grau und das einzige Geräusch ist die ätherische Melodie der Fäden, die Fäden schwingen nicht mehr nach meiner Musik. Sie folgen wieder ihrem eigenen Lied und peitschen wild um mich herum, einer trifft mich schmerzhaft in den Rücken. Wo ist mein Weg zurück? Ich war so auf meine Arbeit konzentriert das ich den Rückweg aus den Augen verloren habe. Das ist nicht das erste Mal, aber doch das erste Mal, ohne das mein Meister da ist. Einhundert mal verdammt, die Musik der Fäden lässt mich langsam taub werden. Die wilden Fäden treffen mich noch ein paar Mal. Die Konturen der Welt werden immer blasser, sind nur noch undeutlich Schemen. Ein Teil von mir will sich einfach das Schicksal ergeben, eins werden mit den Fäden, was zieht mich den schon zurück in die Welt? Ein anderer Teil bäumt sich stur auf, leben ist Kampf und ich will leben, also kämpfe ich. Welcher Faden war meine Leine nachdraußen? Ein Dutzend Fäden kommt in Frage. Alle könnten es sein aber mehr als einen Versuch habe ich nicht mehr. Woher soll ich wissen welcher? Da kann ich gleich Ene mene mu spielen, ich zögere während meiner Kräfte weiter schwinden. Ein Paar Augen, blau wie ein tiefer und stiller Bergsee, sehe mich ruhig und irgendwie wissend an. Alles andere hat seien Farben und Konturen längst verloren nur diese Augen strahlen in ihrem intensiven blaugrau, wie Sterne am Nachthimmel. Ich weiß nicht zu wem sie gehören, von der Person sehe ich nichts als Schemen, doch nur ein Faden für zu ihnen. Alles oder nichts, ein letztes Mal zwinge mit meinem Geist die Fäden unter meine Kontrolle. Dem Faden folgend schließe ich die Augen, alles um mich wird schwarz. Angst mach sich in mir breit, was wenn ich die Augen öffne und alles ist wieder grau? Das Leben ist ein Kampf, also kämpfe ich. Die Augen aufschlagend sehe ich gelben Fackel schein, die Giganten stehen sich wie Faustkämpfer, die mitten in der Bewegung erstarrt sind gegenüber. Die Soldaten stehen unschlüssig und kampfbereit im Raum verteilt. All das sehe ich aus einem völlig falschen Winkel, es dauert, bis mir klar wird das ich auf dem Boden liege. Bei allen Höllen, ich bin beim Verlassen der Welt der Fäden beinahe ohnmächtig geworden und gestürzt. Mühsam rolle ich mich auf den Rücken. Der Dafiri steht über mir, reicht mir eine Hand, um mir beim Aufstehen zu helfen. Als meine Knochenfinger seine warme Hand ergreifen zuckt er mit keiner Mine. „Der Sieg ist euer Herrin." Sagte der Dafiri anerkennend. Für eine winzigen Augenblick scheint er wissend zu lächeln. Aber nicht mal einen Herzschlag später sehe ich nur noch seine kalte professionell Mine, das Steingesicht. Verwirrt schüttele ich den Kopf. Das Lächeln habe ich mir wohl nur eingebildet. Wenn ich Gestern schon dachte ich hätte mörderische Kopfschmerzen, sind sie jetzt doppelt zu schlimm. Die Nadeln sind nicht nur hinter den Augen, sondern auch in den Schläfen und am unteren Hinterkopf. Der Schwindel will nicht verschwinden. „Dafiri, seinen Speer!" Sage ich mit krächzender Stimme. Mit dieser Krücke wanke ich langsam zur Kiste. Überall am Körper schmerzen die Stellen, an denen mich ein wilder Faden getroffen hat. Keiner der Männer wagt es mich anzusehen oder auch nur in meine Richtung zu blicken, als könne allein mein Anblick ihnen die Seele rauben oder sie versteinern. In der Truhe liegt wieder eine Tafel mit einem kryptischen Text.

Die Welt ist im Wandel

Der Wind wird sich drehen

So will es der Orden

So wird es geschehen

Was verdammt ist dieser Orden. Das hier ist ein Tempel der Herrin der Wüste. Aber es gibt Licht magische Wächter vor dem Eingang und alle Inschriften, die nicht in religiösen Reliefs dargestellt sind, legen nahe das das hier ein Gefängnis ist. Diese Knochengiganten sind für alle außer sehr guten Knochenweber wie mich eine tödliche Bedrohung. Haben die Priester sie als Wächter zurückgelassen? Aber das würde bedeuten das sie ebenfalls an dem Sakrileg beteiligt gewesen waren. Mein Kopf schmerzt als sich eine schreckliche Frage in meinen Verstand formiert. Haben Priester von hier mit den Lichtfanatikern gemeinsame Sache gemacht? Mein Kopf will einfach nicht mehr in Schwung kommen, ich muss schlafen. Gedanken verloren betrachte ich die Giganten. Sie müssen über hundert Jahre alt sein, jedenfalls wenn sie seitdem Erbauung des Tempels hier wachehalten. Wie haben ihre Muster so lange gehalten? Wurde

Der alte Tempel und die Weberin der Knochen

der Tempel im Lichtkrieg aufgeben und erst später als Gefängnis oder Grab verwandelt? Wer liegt hier und warum will mein Meister ihn oder sie unbedingt finden. Eine Aktion so weit von unseren Grenz ist sehr riskant. Eine große Truppe wie unsere im Gebiet der Berger und das jetzt seit über einer Woche. Wenn das bekannt wird, könnten sich die Berger sammeln. Eine wütende Kriegshorde könnte wir mit all unser Mach nicht abwehren. Auf unserem Rückweg schaue ich mir noch die Tür an, die von Dorga und einen Leute aufgestoßen wurde. Auch hier sind Runen angebracht worden.

> Kehre um Reisender   Auf ewig gebunden
> Hinter der Tür   Unendliche Qualen
> Wartet nur der   Der Weisheit Mangel
> Tod   Fordert seinen Preis

Der Rückweg dauert lange, der Schwindel hält länger an als ich erwarte habe. Die Männer starren mich an, wenn sie denken das ich es nicht merke. In ihren Augen bin ich ein schreckliches Monster, wie hat die Kleine mich doch gleich genannt eine traumfressende Wüsten Dämonin. „Herrin?" Unsicher spricht mich der Dafiri an. Ich wende mich ihm zu. „Möchtet ihr etwas trinken Herrin?" Die Frage kommt zögernd, er hat wohl auch Angst vor mir. Mit einem Nicke beantworte ich seine frage. Erst mit den ersten Tropfen Wasser in meinem Kehl merke ich wie ausgetrocknet ich bin. Das Wasser aus dem Schlauch schmeck köstlich nach dem ich ihn an die Lippen gesetzt habe, kann ich gar nicht mehr aufhören zu trinken. Der Schlauch ist fast leer als ich endlich genug habe. Wort los gebe ich den Schlauch zurück. Die Kopfschmerzen lassen ein wenig nach. Was habe ich mir bei der Aktion bloß gedacht? Beinahe hätte ich mich in den Fäden verloren und wofür? Weil ich den Befehl meines Fürsten befolgen wollte? Nein ich wollte mir beweisen, dass ich dieses Meisterwerk der Webkunst besiegen kann ohne all meine

Soldaten zu Opfern. Ich schüttle den Kopf und sie fürchten mich, sie können es, weil ich Erfolg hatte, weil sie noch leben. Kurz bevor in den großen Raum trete, straffe ich meine Gestalt, richte noch einmal meine Kleider. Das letzte, was ich will, ist vor meinen Meister und Dorga zu schlurfen. Der Dafiri gibt ein Kommando auf Mando das für mich wie Atra-ka klingt. Die Männer nehmen ebenfalls Haltung an und beginnen im Gleichschritt zu marschieren. Ein erschöpftes Lächeln schleicht sich auf meine Lippen.

„Meister ich habe den zweiten Siegelstein." Wobei ich ihm den Stein und die Tafel übergebe. Freudig erregt sagt er „Dann komme ich endlich weiter." Mit schnell Schritten eilt er zum großen versiegelten Portal. Die Siegelsteine passen genau in die Vertiefung des Siegels. Für einen Moment scheint jeder in der Halle den Atem anzuhalten. Doch nichts passiert, keine donnern das anzeigt das die Riegel gelöst sind. „Schülerin hast du irgendetwas mit den Siegeln angestellt?" fragt er scharf. Ich schüttle schnell den Kopf. Was natürlich in meinem Zustand eine ganz, ganz blöde Idee ist. Sofort kommt der Schwindel zurück. „Nein Meister, ich habe sie aus den Kisten genommen und sofort zu euch gebracht." Bin ich jetzt etwas schuld, weil hier etwas nicht so läuft wie es soll? Na danke. Aber solche Aussagen behalte ich besser für mich, wenn mein Fürst in einer solchen Stimmung ist. „Ja, ja. Lass mich nachdenken." Er streicht sich über den Bart. „Manche Siegel brauchen noch Schüsselworte, um sie zu brechen. Schülerin bring mir die Tafeln die du gefunden hast." Er deutet auf den linken Altar, wo die erste Tafel liegt. Die nächste Minute versuchen wir jede erdenkliche Kombination der Worte. Vorlesen, rückwärts lesen. Jeden Satz einzeln usw. Nichts davon bringt ein Ergebnis. Als wir den Tempel endlich verlassen ist es schon dunkel, die unerträgliche Hitze im Tal hat etwas nachgelassen. Es ist fast angenehm. „Dafiri wegtreten ich werde ihn heute wohl nicht mehr brauchen." Er verneigt sich leicht und zieht mit seinen Männern von dannen. In meinem Zelt halte ich mich nicht damit auf mich auszuziehen. Bevor ich völlig erschöpft auf das Feldbette falle. Wie immer mit drei Knochenkriegern im Zelt. Sofort schlafe ich ein, doch findet mein Geist heute keine Ruhe, Träume quälen mich. Warum trifft es mich nach all den Jahren immer noch? Die Blicke der Menschen, die in mir nur das Monster sehen. Ich mache nichts anderes als andere Knochenweber, es ist ein Fluch. Mein Heimatdorf hatte wohl doch recht, als sie mich Rabia genannt haben, bleicher Totengeist. Aber das schlimmste sind nicht die Blicke, sondern die Veränderung. Wenn meine Umgebung merkt das ich mein Monster bin. Früher habe ich für die Zukunft gelebt, im festen Glauben das, wenn ich eine Weberin bin alles gut wird. Heute weiß ich es besser. Wer für die Vergangenheit lebt verpasst die Zukunft. Wer in der Zukunft lebt hat kein Leben. Kurz Fallen mir die Augen zu. Dann fahre ich hoch. Moment mal ist das die Lösung des Rätsels? Ist der Schlüssel gar nicht in den Worten auf der Tafel versteckt, sondern im Thema? Sofort breche ich zum Tempel auf. Am Rande frage ich mich, warum der Mond sich nicht bewegt hat. Aber eigentlich ist es mir grade egal, alles, was für mich zählt ist das Lösen des Rätsels, nur das wird mich voranbringen.

11. Kapitel: Der Hinterhalt
[Laran]

Berge des Wehklagens, Tempeltal

Der Tag war ereignisreich. Ich sehne mich nach Schlaf und guten Essen. Wenigstens eines von beiden werde ich wohl hoffentlich bekommen. Wir mussten heute zwei Mal gegen Tötungsmaschinen antreten. In einer offenen Schlacht würde so ein Ding alles in Stück reißen, was sich ihr in den Weg stellt.

Aber diese Schülerin übernimmt die Kontrolle, als wäre so ein Riesenskelett ein altes Kamel, das auf jeden Reiter hört. Meine Großmutter hat mir viele Geschichten über Weber und die Geister der Berge und Wüsten erzähl, auch Flüche spielten in der einen oder andern eine Rolle, aber nie hat sie so etwas erzählt. Das sich eine Frau in ein Skelett verwandelt hat. Ich diene jetzt seit mehr als vier Jahren in den Truppen des Fürsten, dabei konnte ich den einen oder andern Weber bei der Ausübung seiner Kunst beobachten. Auch hier habe ich so etwas noch nie gesehen. Die Männer sagen schon bleich wie Bein, hart wie Stein, Tod wie Eis. Jetzt kann ich nur hoffen das sie in ihrer Gegenwart die Klappe halten, wie angemahnt oder wir sind alle tot. Dieser Frau will ich nicht im Weg stehen, egal was sie ist. In das Spiel des Adels sollte man sich nicht einmischen, da kann unser eins nur verlieren. Dann endet man schnell als vertrocknete Leiche zu Dorgas Füßen oder als Knochenkrieger in ihren Diesnten. Oder entehr, nackt und vertrocknet an den Mauern der Hauptstadt Kornatan. Auch wenn ich hundemüde bin, kontrolliere ich wie jeden Abend die Wachtposten.

Ein Tag wird uns, die wir im Tempel waren, ruhe gegönnt. Einen Tag den Balir nun schon mit dem Tode ringt. Wir können ihm nur den Saft des Mohns einflößen, ihm so die Schmerzen nehmen. Die Heiler im Lager sagen, dass er schon Tod ist und nur zu stur es zu akzeptieren. Jetzt halten wir an seinem Lager wache, beten zur Herrin und den zwölf Richter sie mögen ihn verschonen und noch nicht zu sich rufen. Meine Leute scheinen noch zu hoffen, ich habe in den letzten Jahren zu viele Männer aus meiner Sippe auf den Schlachtfeldern und bei Kämpfen verloren, um noch groß zu hoffen. Verdammt was macht dieses Tal und der Tempel mit mir, seit wann gebe ich meine Männer auf bevor der Kampf vorbei ist? Atrast Mando'a. „Männer ich gehe die Posten überprüfen." Damit verlasse ich das Kranken Zelt. Ich brauch frische Luft, um den Kopf freizubekommen. Alles ist ruhig, eine Sternenklare Mond hellen Nacht. Die Schülerin hat man den ganzen Tag nicht gesehen. Jeder Mann ist auf seinem Posten. Nach dem ich nach meinen Männern gesehen habe will ich mich schlafen legen. Als ich am Zelt der Schülerin einen Schatten weg huschen sehe. Der Schatten kommt in meine Richtung, er sieht mich nicht wie ich im dunklen stehe, im Schatten eines anderen Zeltes. Als der Schatten an einem Feuer vorbei huscht sehe ich das es ein Kind ist. Das eine Kette oder so etwas in der Hand trägt. Er sieht sich immer wieder ängstlich in Richtung Zelt der Schülerin um. Diese Blicke habe ich schon oft gesehen, bei unerfahren Dieben in den Straßen von Kornatan. Narr weiß er den nicht was passiert, wenn man eine Weberin beklaut? Der Herrin sei Dank kommt er genau in meine Richtung. Ein hölzerner Schaft reiß dem Jungen die Beine weg. Mit leisem Stöhnen landet der Junge unsanft auf seinem Rücken. Bevor er auch nur weiß, wie ihm geschieht, hat er meine Speerspitze am Hals. „Hör mir genau zu Junge!" sage ich in der Karawanensprache „Verstehst du mich? Nicke wenn dem so ist!" Er nickt heftig. Gut das macht es einfacher. „Was hast du aus dem Zelt gestohlen?" Keine Reaktion, nur Trotz. Ein tiefer Seufzer entfährt mir. „Du willst also mit mir das Spiel Wahrheit oder Schmerz spielen?" Für einen sehr lange Moment sieht er so aus, als ob er es drauf ankommen lassen will. Dann gewinnen die entsetzlichen Bilder, die er in den letzten Tagen gesehen haben muss, die Oberhand. „Nein nicht, ich habe nur diese Ketten genommen." Er hält mir zwei Kette hoch. Auf jeder sind vielleicht dreißig kleine Knochen, groß wie Fingerglieder gefädelt. Jeder Knochen ist mit feinen Gravuren bedeckt, die ich nicht deuten kann. Insgesamt sehen die Ketten aus wie gruslige Gebetskränze. Ich bin mir sicher sie am Gürtel und am Handgelenk der Schülerin gesehen zu haben als wir im Tempel waren. „Warum hast du sie gestohlen? Warum grade diese Ketten?" Der Junge kämpft mit sich, die Angst vor etwas oder jemanden ringt mit der sehr realen Angst vor meiner

Speerspitze. Ein klein wenig mehr Druck, das erste warme Blut läuft an seinen kleinen Hals hinab. Das gibt den Ausschlag jetzt bin ich eindeutig am furchterregendsten in seinen Augen. Dem Gestammel des Jungen entnehme ich das, der Schlächter Dorga der Schwester des Jungen „anvertraut" hat das die Seelen aller die diese Nagital in wandelnde Knochen verzaubern hat, in der Kette stecken. Er hält traurig die Kette noch. „Hier sind die Seelen von Mama und Papa drin." Er beginnt zu weinen. „Was willst du denn mit den Ketten machen?" Frage ich seltsam berührt. Schniefend fährt der Junge fort. „Der Schamane hat meiner Schwester versprochen, das wenn sie liebt zu ihm ist, er alle Seelen frei lässt. Wenn es uns gelingt die Kette für ihn zu besorgen. Meine Schwester ist jetzt auch Tod." Wieder schnieft er und Tränen rinnen sein junges Gesicht runter. „Ich muss dem Schamanen die Kette heute Nacht bringen, vielleicht lässt er die Seelen trotzdem frei. Ansonsten bleiben die Seelen ein Jahr in der Hölle aus der die Nagital hervorgekommen ist, bevor die Sterne wieder so stehen das sie aus der Kette befreit werden können." Die vage Hoffnung in der Stimme und in den Augen des Jungen sind Herz zerreißend. Für einen Moment kämpfe ich mit mir. Es wäre einfach ihn gehen zu lassen, so zu tun als hätte ich nichts gesehen. Was kümmert mich die Rivalität unter Webern? Auf der anderen Seite egal was dieser Dorga vor hat, es kann nicht gut sein. Seine Taten im Tempel haben mir gezeigt was für ein Mann er ist. „Wache!" rufe ich laut, als eine Streife nahe bei uns vorbeikommt. „Dafiri?" fragt einer der drei Soldaten, keiner meiner Männer. „Nehmt den Jungen in Gewahrsam! Er ist ein Dieb und hat die Schülerin von Fürst Jolga bestohlen." In den Gesichtern der Streifengänger macht sich entsetzen breit. Ihnen ist klar, dass ein solcher zwischen Fall ihnen zur Last gelegt werden könnte. Schnell rede ich weiter. „Dem Kleinen darf kein Haar gekrümmt werden, bis die Schülerin verkündet hat was sie als angemessene Strafe betrachtet. Ich werde ihr ihren Besitz sofort zurückbringen."

Der alte Tempel und die Weberin der Knochen

Obwohl das das Letzte ist was ich tun will, eine Adlige zu wecken. „Dann müsst ihr zum Tempel Dafiri." Informiert mich die Streife. „Sie ist vor ein paar Minuten hinein gegangen." Scheiß! Scheiße! Scheiße! Das Gefühl oder besser gesagt die Angst zwischen zwei Weberschüler geraten zu sein ergreift Besitz von mir. Wer weiß schon was diese Kette für die Schülerin ist. Schmuck, ein Teil ihrer Kunst oder was sonst Weber so brauchen. Mit einem sehr unguten Gefühl eile ich zum Eingang des Totentempels. Die Wache am Eingang bestätigt meine Schlimmsten Befürchtungen. Beide Schüler sind im Tempel, dieser blutige Dorga schon eine ganze Weile. Ihr Ahnen steht mir bei.

[Rabia]

Berge des Wehklagens, Eingangshalle des Tempels.

In dem Moment, in dem ich die zentrale Halle des Tempels betreten habe, weiß ich das etwas nicht stimmt. Es hängen frische Fackeln an den Wänden. Schalen aus Messing wurden überall im Raum aufgestellt und der metallische Geruch von frischem Blut hängt schwer in der stehenden Luft. „Na Totes Mädchen, hast du Streberin die Lösung für Rätsel gefunden?" Dorga tritt aus den Schatten eines der Zugänge zu den Kammern der Giganten. „Vielleicht, aber dir werde ich es bestimmt nicht verraten. Du würdest es ohnehin nicht verstehen. Dein Verständnis für Gesicht und Philosophie ist noch schlechter als deine Webkunst. Dummer Muskelprotz." Antworte ich so herablassend, wie ich kann. „Dumm soll ich sein? Wenn du so klug bist, wieso bist du dann hergekommen? Nur weil ein Bote dir gesagt hat das unser Meister dich hier sehen will. Den Boten habe ich dir geschickt. Hier sind nur wir und meine kleine Falle, sieh dich um!" Von welchen Boten redet der Kerl? Dorga redet einfach immer weiter, merkt gar nicht das ich überhaupt nicht weiß, wovon er redet. „Hier ist überall Blut aber kein einziger Knochen. Außerdem egal für wie gut du dich hältst ohne deinen Fokus wirst du kaum weben können. Jetzt kann ich dich in der Luft zerreißen." Er grinst wölfisch und siegesgewiss. Er hat recht, in der ganzen Halle ist nichts aus Bein, hier im Tempel kann ich keinen meiner Diener rufen. Sie sind alle zu weit weg. Meine Finger greifen unbewusst an meine Gürtel, aber da ist nichts. Beim Tor und den zwölf Höllen, wo sind meine Ketten. Verdammte Scheiße. Aus einer der Schalen erhebt sich Blut formt sich in der Luft zu einer Kugel. „Willst du noch was sagen, bevor ich dich Platt mache?" Ich schüttle nur den Kopf, während ich verzweifelt versuche einen Schutz auf die Beine zu stellen. Die Fäden sind nicht auf mich eingestimmt und ich habe keinen Fokus. Die Überraschung über die Situation und einen unvermittelten Kampf macht es auch nicht leichter. Die Blutkugel dreht sich immer schneller um sich selbst, bevor sie abrupt anhält und auf mich zu schießt. Mein Hals ist trocken, meine Stimme brüchig. Die Fäden wollen sich kaum greifen lassen. Normalerweise ist das Weben als fahren meine Finger durch Wasser, hier fühlt es sich an als wolle ich ein filigranes Muster mit zähem, klebrigem Brotteig weben. Der Herrin sei Dank sind Schild und Schutz einfach Muster. Außerdem waren Verteidigungsmuster gegen Blutkunst das mit das erste was ich in der Villa meines Meisters gelernt habe.Etwa eine halbe Armeslänge bevor der Ball aus Blut meinen Bauch getroffen hätte, prallt er gegen meinen Schutz. Die Wucht des Angriffes lässt das hektisch gewebte Muster erzittern, bevor es zerfällt. „Wo ist deine herausragende Kunst jetzt, totes Mädchen?" Er hat recht meine Kunst sind die Knochen, so wie seine das Blut. Keiner von uns kann ohne seine Hilfsmittel großes erreichen. Ein Jammer das ich nicht die Knochen eines Lebenden beherrschen kann, aber Wunschdenken bringt mich jetzt nicht weiter. Ein zweites Geschoss kann ich noch abwehre. Nummer drei trifft mich, reißt mich von den Füßen und schleudert mich mehrere Meter über den glatten, verfließen Boden. Hustend liege auf dem Rücke und schnappe nach Luft. Meine Finger betasten meine Rippen, scheint nichts gebrochen zu sein. Trotzdem tuen sie höllisch weh. „Totes Mädchen willst du noch eine Ladung?" So steif wie du immer rum stakst dachte ich du hast vielleicht einen großen Hüftknochen im Arsch. Vielleicht sollte ich mal nachsehen? Zu erste sollte ich mich aber für die Demütigungen der letzten Tage revanchieren und dir noch ein paar verpassen." Die Blutkugel wirbelt und verdichtet sich. Die Fäden sind stur, keine Melodie lässt sie für mich schwingen. Verzweifelt versuche ich einen Ton über meine Lippen zu bekommen, doch die Angst schnürt mir die Kehle zu und die Schmerzen in der Brust machen das Atmen so schwer. Meine Hände zittern. Ohnmächtig sehe ich wie sich die Hand Dorgas langsam auf mich richtet. Doch egal groß die Schmerzen sind, den Triumph das ich um Gnade flehe gönne ich ihm nicht.

[Laran]

Berge des Wehklagens, Tempeltal

Alles, was ich tun kann, ist den Fürsten zu informieren das seine beiden Schüler sich im Tempel an die Gurgel gehen. Er hat mich nur mit einem unergründlichen Blick seiner dunklen Augen angesehen und sich über den Bart gestrichen. „Dafiri, er ist doch meiner Schülerin unterstellt. Warum steht er dann hier noch herum, wenn seine Kommandantin einem Kampf ausfechtet?" Seine Stimme hat etwas Vorwurfsvolles. Drei Mal blinzelte ich, meint er wirklich das ich mich in einen Kampf seiner Schüler einmischen soll? Aber er hat recht die Schülerin ist im Moment meine Kommandantin. „Der Dafiri ist das Schild und der Speer seiner Kommandantin, Gebieter." Beim letzten Wort verneigte ich mich noch einmal, bevor ich durch die Nacht hetzte. Während eine Stimme in meinem Kopf, bei der es sich nur um den letzten Rest gesunden Menschverstandes handeln kann. „Lass die beiden doch ihren Disput ausfechten, es ist doch völlig egal wer gewinnt. Die beiden sind Weber, Adlige. Keiner von beiden interessiert sich dafür was aus den Gemeinen und einfach Soldaten wird. Verdammte Weber! Aber das stimmte so nicht, die Schülerin Azzarena wollte lebendige Männer und keine toten Helden. Sie hat uns nicht verhetzt weder gegen die Berger, noch im Tempel. In der Zentralenkammer angekommen sehe ich ein Bild des Schreckens. Die Schülerin liegt am Boden, der blutige Dorga bereit für den finalen Schlag. Im Laufen stimme ich mit einem Gebet an meine Ahnen und die gesichtslosen Richter auf die Fäden der Magie ein. Nur wenn ich sehe, wo er die Fäden webt, kann ich vielleicht rechtzeitig reagier und hätte den Hauch einer Chance. „Verzeiht mir Herr." presste ich zwischen zwei keuchenden Atemzügen hervor. Dorga wedelt mit der Hand wie um eine lästige Fliege zu verscheuchen. „Verschwinde! Das geht dich nichts an Mann!" sagte er, wobei er mich keines Blickes würdigte, sondern seine Mitschülerin nicht aus den Augen lässt. „Willst du die nächste Ladung in den Bauch oder zwischen die Beine? Dann würde mal wieder was Lebendiges zwischen den Schenkel fahren." Über seinen eigenen Spruch stößt er ein kehliges leicht überdrehtes Lachen aus. Vergebt mir diese Torheit werte Ahnen, meine Eide binden mich und meine Ehre gebietet es. Allen Mut zusammennehmend trete ich zwischen die beiden. Den kurzen Speer in der linken den Schild in der rechten. Beides von der Wache am Eingang requiriert. „Ich bitte euch noch einmal um Verzeihung Herr. Ich kann nicht zulassen das ihr euerer Mitschülerin weitere Verletzungen zufügt." Ich versuche respektvoll zu klingen, mein Herz schlägt so heftig, dass ich Angst habe das es mir gleich auf der Brust springt. Für einem Moment starrt mich das grobe, mit Narben gezeichnete Gesicht des Schülers an, als sei ich ein Kamel, das grade einen Bauchtanz aufführt. Dann hallt wider sein kehliges Lachen durch die stille Halle. „Er will sich mir in den Weg stellen? Dann stirb mit dem Wissen das dein Blut ihr den Rest geben wird." „Für die Ehre, sie erhebt uns über die Tiere!" Bei diesen Worten auf Mando hebe ich meine Waffe zu einem formellen Gruß. Mein Schlachtruf halt durch die ansonsten stille Kammer. Das ist zu viele für Dorga. Ein Geschoss aus Blut saust auf mich los. Ich gehe in die Knie, versuche mich für den Einschlag zu wappnen. Mein Schild ein Korbgeflecht, das mit Leder bespannt ist, ist mein einziger Schutz. Die Kugel schlägt voll auf das Schild. Blut spritz in alle Richtungen, wo es seltsamer Weise dampfend trocknet und zu schwarzen Staub zerfällt. Allein die Wucht drück mich einen halben Meter auf dem glatten Boden zurück. Los Laran wie du es gelernt hast, Abwehr und Gegenangriff, er ist auch nur ein Mensch. Menschen können besiegt werden. Ich versuch mich selbst anzutreiben, während alles in mir schreit du bis wahnsinnig, Weber sind zu mächtig, um sie im offenen Kampf zu bezwingen. Aber der Weber ist verletzt, das kann ich nutzen. Vorsichtig rück ich gegen ihn vor. Ich muss die Umgebung im Auge behalten. Wieder lässt er ein Blutgeschoss auf mich niedergehen. Das mich von links hinten treffen sollte. Nur das ich die Fäden von seinem Finger bis zur Schale sehe, lässt mich grade noch rechtzeitig reagieren. Ohne groß nach zudenken lasse ich mich auf ein Knie fallen. Das Blut sirrt knapp über meinen Kopf hinweg, viel zu knapp. Es donnern gegen einen der Altäre, der darauf ein knirschendes Geräusch von sich gibt. Aus meiner knieenden Position drück ich mich nach oben und vorne und beginnen mit einem Stich den Kampf. Dieser zielt in dem Moment auf die linke Hand meines Gegners, als sie wieder auf mich deutet. Das nächste Geschoss fliegt auf mich zu. Es wird von Dorga verdeckt. Der Mann dreht sich in letzter Sekunde weg, in der Bewegungen zieht er mit der Rechten elegant sein Krummschwert. Dabei stößt er ein tiefes Knurren aus. Wieder schaffe ich es danke meiner Gabe mein Schild rechtzeitig in Position zu bringen. Jetzt habe ich ein riesiges Problem, ich darf ihn nicht töten oder schwer verwunden, niemand hat mir das erlaubt. Das Verletzen eines Adligen ist eine todeswürdige Straftat. Auf der anderen Seite hält ihn niemand davon ab mich in Scheiben zu schneiden. So beginnt der Tanz des Zweikampfes. Angriff, Parade, Finte, Gegenangriff. Mein Ziel ist es ihn vom Weben abzuhalten, so greife ich immer wieder seine linke an, nutze dafür aber nur die flache Seite der Speerspitze, den Schaft oder Nutze mein Schild als Ramme oder schlage damit zu. Der Mann versteht es zu kämpfen, meine erste Einschätzung war richtig. Er sieht nicht nur aus wie ein Infanterist er kämpft auch wie einer. Immer mehr bin ich gezwungen mich auf seinen Waffenarm zu konzentrieren, wo durch er die Chance zum Weben bekommt. Außerdem wird er immer wütender und das macht ihn nur noch gefährlicher. Nur das sein Bein und sein linker Arm verletzt sind geben mir einen kleinen Vorteil. Nach einem heftigen Zusammenprall entfernen wir uns ein paar Schritte, wie lauernde Raubtiere um Kreisen wir uns. Der Schweiß läuft mir in Strömen übers Gesicht. Er brennt in den Augen, macht mich halb blind. Zwischen uns ist ein Patt entstanden. Seinen magischen Angriffen kann ich ausweichen. Im Nahkampf ist er mir trotz meiner Einschränkungen in der Wahl meiner Mittel nicht Überlegen. Diesen Kampf wird wohl gewinnen wer den Tanz länger durchhält. Völlig überraschend schneidet es sich mit seiner Klinge selbst in die linke Hand. Sein Blut benetzt sein Schwert, worauf die Klinge kurz blutrot glüht. Als er wieder mit der blutenden linken Hand eine paar schnelle Bewegungen macht. Scheiße was ist das schon wieder. Jetzt geht er in die Offensive, ein Schlag auf meine Leistengegen pariere ich mit dem Schild. Nur das die Klinge einfach die Leder und das Geflecht durchschneidet, wie ein heißes Messer durch Butter. Die Spitze seiner Waffe schlitz meinen Ärmel auf ritzt die Haut darunter. Ein kleines Rinnsal meines Blutes sickert durch den Schnitt in meiner Armeschiene. Mein gespaltener Schild fällt nutzlos zu Bode. Angst die bisher durch die Erregung des Kampfs unterdrück wurde gewinnt für einen Augenblick die Oberhand. Gnadenlos nutz er mein kurzes Zögern aus. Er greift wieder ungestüm an, in meiner aufsteigenden Panik, nachdem Verlust meines Schildes reagiere ich mit einem Kopflosen Gegenangriff, der ins Leere läuft. Für diese Unachtsamkeit bekomme ich einen Schlag mit dem Griff seiner Waffe gegen den Kopf. Benommen taumle ich und gehe zu Boden. Schon am Boden liegend versuche ich noch einen Schlag gegen seine Beine anzubringen. Aber wieder zischt meine Speerspitze nur durch leere Luft. Blinzelnd versuche ich den Schweiß aus den Augen zubekommen, damit ich mein Ziel wieder klarsehe. Die Einstimmung auf die Fäden habe ich durch den Treffer und den Sturz auch eingebüßt. Aber die brauche ich nicht um verschwommen Dorga zu sehen, wie er einige Schritte von mir entfernt einen Zauber webt. Komm schon, hoch mit dir du Hornochse, du kannst jetzt nicht aufgeben! Schreit mir ein Teil meiner selbst zu. Der aus Sturheit und den absurden Wunsch aufrecht zu sterben besteht. Während der große Rest meines Verstanden vor der Webkunst und der feindlichen Klinge kapitulieren will. Unbeholfen versuche ich aufzustehen, wir Mandos waren schon immer für unsere ausgeprägt Sturheit bekannt. Auf allen vieren, hilflos wie eine auf dem Rücken liegende Schildkröte so werde, ich wohl streben, doch ich habe nicht aufgeben. „Dorga jetzt bist du fällig!" Faucht eine weibliche Stimme, voller Zorn. Einen Liedschlag später folgt ein. „Knochen wandle!" Aus Richtung des Schülers kommt ein ersticktes Keuchen. Dann hat meine Kommandantin wohl mein Geschenk gefunden und das ganze Manöver war nicht um sonst. Umgelenkt komme ich auf die Beine.

[Rabia]
    Der alte Tempel und die Weberin der Knochen

Berge des Wehklagens, Eingangshalle des Tempels

Ungläubige schaue zu wie der Dafiri etwas in seiner kehligen harten Sprache ruft, das wie „Mandea, korwolkus gar animas" klingt und dann tatsächlich auf Dorga losgeht. Ein einfacher niederrangiger Offizier bringt Dorga, einen Kampfmagier von Blut und Schwert in arge Bedrängnis. Vor allem, weil der Dafiri irgendwie immer weiß, von wo ein Geschoss kommt. Im trüben Licht der Fackel sehe ich dort wo der Dafiri sich aufgebaut hatte, um Dorga herauszufordern etwas Weißes liegen. Dieser irre Mando hat mir meine Ketten mitgebracht und sie bei der Abwehr des ersten Geschoßes fallen lassen. Jetzt wirst du leiden Mistkerl. So aufeinander fixiert bemerken die Kämpfer nicht, dass ich die Fäden für mich zum Schwingen bringe. Jeder Atemzug tut noch immer höllisch weh, die Melodie ist abgehackt und nicht besonders schön. Da ich meinem Fokus nun wieder habe reicht es aber um etwas auf meine zweite Kette zu weben. Dieser Zauber wird nicht lange halten. Das alles dauert seine Zeit, aber immer, wenn ich einen schnellen Seitenblick zum Kampf geschehen werfe, sehe ich zwei ebenbürtige Gegner einen Kampf ausfechten. Zwei Männer die nicht elegant und auf Publikumswirksam, wie die Gladiatoren in der Arena kämpfen. Hier treten zwei erfahrene Frontkämpfer gegeneinander an, brutal, effizient, voller Gemeinheiten. Endlich habe den Zauber fertig gewoben und keinen Moment zu früh, Dorga hat den Dafiri irgendwie zu Boden geworfen. Fürchtet sich aber davor das Ganze von Angesicht zu Angesicht zu erledigen. Er wählt lieber die Kunst. Einige Schritt Anlauf nehmt schleudere ich meine zweite Kette auf Dorga, gleichzeitig rufe ich „Dorga jetzt bist du fällig!" um seine Aufmerksamkeit zu erlangen. Er muss mich anschauen damit es klappt. Das Wurfgeschoss fliegt genau auf seinen Kopf zu. „Knochen wandle!" Die Fingerknöchel lösen sich in eine weiße Wolke aus Staub auf. Nur um sich dann als Schlange aus Knochen mit drei spitzen Dornen an einem Ende neu zusammenzusetze. Die drei Dorne fahren in Dorgas hässliches Gesicht. Eine in jedes Nasenloch und eine in seinen Mund. Der Schlangenleib schlingt sich um seinen Hals und drück zu. Demonstrativ balle ich die rechte Faust vor Dorgas Gesicht, worauf hin mein Konstrukt den Druck verstärkt. Die Augen meines Widersachers beginnen aus seinen Höhlen zu quellen, der Kopf wird immer roter. „Noch irgendwelche letzten Worte?" frage ich gehässig. „Genug!" Donnert die Stimme meines Fürsten, selten habe ich ihn so zornig erlebt. „Azzarena lass ihn sofort los!" Für einen Augenblick habe ich das Gefühl, das mein Fürst einen mächtigen Zauber um sich gewoben hat und diesen jeder Zeit gegen mich wirken zu können. Hat er Angst vor mir? Wohl kaum, warum sollte ein Fürst Angst vor seiner zweiten Schülerin haben? Dann seufze ich schwer. „Wie ihr wünscht Meister." Die Knochenschlage zerfällt geräuschlos zu Staub. Hinter mir kommt der Dafiri endlich auf die Beine. „Dafiri geh, wir wollen nicht gestört werden!" Der Mann humpelt schwer auf seine Waffe gestützt aus der Halle. Als er an mir vorbei humpelt nicke ich ihm kurz zu. Erst als das rhythmische Geräusch von Holz auf Stein verklungen ist entlädt sich das Donnerwetter. „Seid ihr beide verrückt geworden?" Donnert unser Meister. „Ihr benehmt euch wie tollwütige Tiere, geht euch gegenseitig an die Gurgel. Habt ihr vergessen das eure Leben mir gehören? Ich entscheide, wann ihr kämpft und gegen wen. Ist das klar!" Ich nicke zerknirscht. „Ja Meister." Und auch von Dorga kommt zustimmendes Gemurmel. Jolga schaut uns nacheinander ernst in die Augen. „Ihr habt mich heute beide bitter enttäuscht. Du Azzarena in dem du dich in eine solche Falle hast locken lassen. Ich hatte gedacht du bist klüger. Aber da habe ich mich wohl getäuscht." Sein Blick wandert zu Dorga. Und lässt mich mit einem flauen Gefühl der Angst im Magen zurück. „Und du! Mein erster Schüler ist nicht in der Lage einen einfachen Soldaten innerhalb es Augenblick zu zerschmettern, obwohl du dich gut auf einen Kampf vorbereitet hast. Ja Schüler ich habe den Kampf beobachtet, ich wollte sehen, wie du den Mann besiegst." Dorga begehrt auf. „Meister das habe ich doch." „Sei still! Der Mann hat sich zurückgehalten, er hat nicht mit dem Ziel gekämpft dich zu töten. Hätte das gewollt hätte er gestochen und geschnitten und nicht nur geschlagen. Er hat seine Kommandantin beschützt. Dorga ich verbiete dir ausdrücklich dich an ihm zu rächen. Er kam zu meinem Zelt, um mich darüber in Kenntniszusetzen, das meine beiden Schüler sich im Tempel wohl gleich an die Kehle gehen wollen. Daraufhin habe ich ihn daran erinnert, was die Aufgabe eines Dafiri ist." „Aber Meister warum habt ihr Hilfe zukommen lassen." Frage Dorga empört und nickt zu mir ohne den Blick von unserem Meister zu lösen. „Hättest du deinen Dafiri, den du dir aussuchen konntest, nicht als Blutquelle benutzt, hätte ich ihn auch hierhergeschickt. Ihr werdet euch in eure Zelte begeben und dort bleibt ihr, bis ich nach euch schicke! Wenn wir wieder in der Villa sind, werden wir eure Buße für das hier festlegen. Dorga du gehst als erstes und schick meine Wache rein!" Für einen Moment sieht es so aus als wollte Dorga widersprechen. Auch mein Fürst scheint das zu befürchten, ich spüre, wie er sich auf einen magischen Angriff vorbreitet. Aber allein diese Drohkulisse reicht, um Dorga zu Räson zu bringen. Geschlagen und gedemütigt verlässt mein Mitschüler den Raum. Nach all dem Kampflärm und dem Donnerwetter herrscht auf einmal eine gespenstische Stille in der Halle. „Schülerin ich nehme an du hast eine Idee wie du die Siegel aufbekommen kannst? Oder warum bist du sonst hierhergeeilt, mitten in der Nacht?" Ich nicke. „Ja ich habe eine Idee, die ich gerne ausprobieren wollte, als ich Dorga hier in die Arme gelaufen bin." „Und welche Idee wolltest du verfolgen, ohne mich zu informieren?" Die Frage hat einen lauernden Unterton. Genau das wollte ich vermeide, dass ich mich vor meinem Lehrer und Meister mit einer verrückten Idee lächerlich mache, wenn ich mich irre. „Nun ja, die Texte, die wir gefunden haben. Der eine sprich von Orden und der

Vergangenheit der anderer von der Zukunft. Bei meinen Studien der Geschichte und der Zeit als der Tempel vermutlich erbaut worden ist. In den Texten der Priesterschaft aus der Zeit spielt das Verhältnis von Vergangenheit Gegenwart und Zukunft eine wichtige Rolle. Es gab auch einen sehr oft benutzten Sinnspruch. Ich glaube das dieser Spruch der Schlüssel sein könnte." Der alte Mann schaut mich fragend an. „Welchen Spruch meinst du?" Ich schließe die Augen und rezitiere. „Die Vergangenheit ist die Straße, gepflastert mit unseren Entscheidungen, die zum Horizont des Zukünftigen führt. Aber der Augenblick des hier und jetzt ist der Speer, der uns bluten lässt. Der die Straße oft genug abrupt Enden lässt." Zwischen den beiden Siegeln ist eine Vertiefung. Ich wollte testen, ob ich die Tür mit einem Blutopfer und den Worten aufbekomme." Langes Schweigen folgt meinen Worten. Blicke zu mir und zur Tür. Mein Lehrer streicht sich langsam über den Bart, denke über alles gesagt nach, verknüpft es mit seinem Wissen. Für eine Moment sehe ich fast so etwas wie Angst oder Sorge aufflackern. Sein Gesicht wird von Falten zerfurcht, die vom Fackelschein noch verstärkt werden. „Gut Azzarena du darfst deine Theorie ausprobieren." Mit einem Lächeln gehe ich langsam auf die Tür zu. Langsam nicht, weil ich mich von der Tür eingeschüchtert fühle, sondern weil jede Bewegung verdamm wehtut. Dafür wird Dorga noch büßen. Das Siegel, wofür ich den Stein als erstes gefunden habe, setzte unten ein, das zweite oben. Die armdicken steinernen Riegel queren die Tür von links nach rechts. In ihrer Mitte prangt je ein Handteller großes Gegenstück der Siegelsteine. Auf diesem Negativsiegel sind magischen Glyphen und Runen eingearbeitet. Ein weiterer Stein mit einer Rinne und einer Vertiefung verbindet die beiden Siegel. Eigentlich wollte ich das Blut nur in die Mitte der Vertiefung tropfen lassen, doch einer plötzlichen Eingebung folgend beginne ich auf dem untern Siegelstein. Jetzt brauche ich nur noch Blut, im Gegensatz zu meinem irren Mitschüler nutze ich nicht das Blut von Sklaven oder anderen

Untergebenen. Für dieses Blutopfer nutze ich mein eigenes. Mein Dolch in der Rechten schneide ich mir selbst in die Linke. Diese lege ich dann auf das untere Siegel, ziehe eine blutige Spur zu allen drei Stationen des Sinnspruchs und zitiere ihn unten in der Mitte und oben. Der Stein fühlt sich kalt an, kälter als der Rest des Raums. Kann es sein das er Wärme aufsaugt? Oder mein Blut? Nach dem ich mein Blut verteilt habe und die verletzte Hand wegziehe passiert nichts. Das war es dann wohl mit meiner tollen Theorie, jetzt habe ich mich vor meinem Meister gleich doppelt in einer Nacht blamiert. Ganz toll gemacht Rabia, so werde ich nie zu einer Prüfung zugelassen. Enttäuscht wende ich mich von der Tür ab. Als der Boden vor meinen Füßen sich violett färbt. Das gleich violett wie die Augen des ersten Knochengiganten. Was bei allen Höllen? Ich drehe mich schnell um. In Erwartung eine Falle ausgelöst zu haben greife ich der Bewegung schon nach den Fäden. Die Siegel leuchten auf den Riegel erscheint eine Wahrung.

Auf ewig Gebunden

Unendliche Qualen

Wer öffnet die Gruft,

Auf ewig verdammt!

Der Zorn des Ordens

Wird dich treffen mit alle seiner Macht,

sein Licht wird dich blenden,

seine Schwerter dich richten,

Die Siegel verlöschen und zerfallen zu Staub. Die Tür zu deren Schutz so viele Schrecken hier gebunden wurden, ist nicht mehr verschlossen. Ich will die Tür sofort aufstoßen, will sehen wer oder was hier begraben liegt. Schon ist meine unverletzte Hand

Der alte Tempel und die Weberin der Knochen

am kalten Stein. Mein Preis des Sieges, doch ich zögere, mein Meister hat so viel in Bewegung gesetzt, um hierherzukommen und er hat es mir nicht gestattet. Das Meister Schüler Verhältnis wird von vielen Regeln bestimmt, mache schriftlich fixiert, viele mündliche vereinbart. Einige sind unausgesprochen und doch sind das die wichtigsten. Eine davon ist man sollte die Grenze nicht zu oft an einem Tag austesten „Meister, die Siegel sind gebrochen, darf ich?" Sein Gesicht zeigt jetzt eine freudig erregte Mine. „Gute gemacht Schülerin. Nun geht in dein Zelt, bleibe dort, bis ich dich rufen lasse." Dies sagt er ruhig, aber sehr bestimmt. „Wir ihr wünscht Meister." Meine Enttäuschung finde den Weg in meine Stimme, was mir eine hochgezogene Augenbraue meines Lehrers einbringt.

Die Nacht ist dunkel, eine schmale Mondsichel steht am Himmel. Bald wird die Sonne wieder am Himmel thronen, in diesen dunklen Stunden vor den Morgengrauen sterben die Menschen heißt es. Die Prophetin sagt das Zerktos die Seelen zum Tor führt, wenn er seine göttliche Wacht für den Tag an seine Gemahlin übergibt. Um ein Haar wäre ich mit ihm gezogen. Dieses Tal und der Tempel wären mein Grab geworden. Oder wäre ich eine dieser Seelen geworden, die diese Welt nicht verlassen können, weil sie etwas hier fesselt. Dass ich ein raschsüchtiger Geist werden könnte, das war die größte Angst meines Heimatdorfes. Der einzige Grund, warum ich noch lebe. Erst hier in der kühlen Nachtluft merke ich wie ausgelaugt und hungrig ich bin, wann habe ich das letzte Mal etwas gegessen? Habe ich wirklich einen ganzen Tag geschlafen, ohne es zu merken? Das Weben der Fäden fordert immer seinen Preis. Nur ist es lange her das es mich einen ganzen Tag gekostet hat. Den Tag verbringe ich in meinem stickigen, sich immer mehr aufheizendem Zelt, in dieser Umgebung ist an eine konzentrierte Arbeit nicht zu denken. Immer wenn ich die Augen schließe, prasseln die Bilder der letzten Tage auf mich.

Meine Gedanken kreisen um die Geschehnisse und erst jetzt wird mir klar wie nahe ich am Abgrund balanciert bin. Meinte mein Meister das damit das ich verantwortungslos sei? Das ich zu viele Risiken eingegangen bin? Wie soll ich Erfolge erzielen, wenn ich nichts wage? Nur Siege bringen mich weiter, das ist das Erste, was man uns im Schattental beigebracht wurde. Die Siegerin erlangt den Ruhm und die Belohnung. Die Zweite wird vergessen und bleibt in der Wüste zurück. Ach, verdammt so einfach war es bei den Lehrern dort. Fürst Jolga schein in letzter Zeit andere Ansprüche zu stellen, nur weiß ich nicht, worauf er hinauswill. Wie soll ich ihm zeigen, dass ich bereit bin, wenn ich nicht weiß was er erwartet?

Erst am Abend, also fast einen Tag später lässt unser Meister Dorga und mich in die letzte Kammer des Tempels holen. Einen verdammten Tag in einem Zelt, in dem es so heiß war, dass ich selbst beim rum liegen auf dem Feldbett schon geschwitzt habe. Er hat uns im wahrsten Sinne des Wortes schmoren lassen. Der Fürst ist mal wieder in richtig schlechter Stimmung, anscheinend hat er nicht gefunden, was er gesucht hat. Diese Halle ist wieder mit Feuerschalen, Fackeln und Laternen ausgeleuchtet. Ich frage mich wie die Erbauer hierfür Licht gesorgt haben. Dieser Raum muss einmal das Allerheiligste des Tempels gewesen sein. Hier hat der Hohepriester die Rituale vollzogen. Hatte dieser Tempel je eine Gemeinde, haben sich Liebende hier die Treue geschworen? Wurde hier die Geburt von Kindern gefeiert und Tote beweint? Oder war dies hier nur ein Ort der Macht, von dem aus Priester und Weber ein Herrschaftsbereich kontrollierten? Auf jedenfalls muss der Tempel sehr reich gewesen sein. Die Wände sind mit Intarsien verziert oder zeigen Ausschnitt aus unserer Schöpfungsgeschichte in prächtigen Farben. Der Raum ist Doppel so lang wie breit, die Helligkeit der Feuer reicht nicht bis zur Decke, so dass der Eindruck entsteht die Nachtschwärze reicht bis in die Unendlichkeit. Die dunklen

Fliesen, die den Boden bedecken schlucken ebenfalls das spärliche Licht. All das erweckt das Gefühl als schreite ich über den Nachthimmel. Endlose schwarze rund um, nur unterbrochen von Fackeln, den einsamen Sternen gleich. Da unser Meister uns nur in den Raum winkt aber sonst keine Anstalten macht uns irgendwelche Anweisungen zu geben, laufe ich mit langsamen Schritten durch diese Halle und lasse diesen Ort auf mich wirken. Im Mittelschiff des Raumes stehen in mehreren Reihen steinerne Bänke hintereinander und nebeneinander. Am Kopfende des Raums, der Großen, bis vorkurzen versiegelten Tür gegenüben steht eine riesige Statur auf einem breiten Sockel. Die Oberfläche schimmert golden und silbern im Schein der Feuer. Die Statur zeigt eine Frau in einem weiten Kleid, ihr Haut ist silbern, das Kleid aus Gold. Die Augen sind im Halbdunkel, das ihren Kopf umhüllt schwer zu sehen. Doch hin und wieder schimmert es grün. Auf ihrer Schulter sitzen Vögel, ein weißer Rabe auf der einen und eine schwarze Taube auf der anderen. Das ist eine Abbildung von Wirsea Smarga der ersten Prophetin unserer Herrin der Wüste. Taube und Rabe stehen für die gute und die schlechte Nachricht, die sie den Gläubigen brachte. Die Statur fesselt meine Aufmerksamkeit, noch nie habe ich gesehen, dass die Prophetin so dargestellt wird. Alle Abbildungen zeigen sie mit der Kupferhaut des Wüstenvolkes oder dem eher in Oliv gehende der Westlinge. Aber immer mit dunklen Augen so wie die Gläubigen die zu ihr aufsehen. Aber hier steht sie mit heller Haut und grünen Augen. Ich kann nicht anders als vor diesem Abbild der Verkünderin von schwarz und weiß auf die Knie zu gehen und zu beten. Hinter mir höre ich Männerstimmen, davon lasse ich mich aber nicht stören oder gar von meinem Gebet abbringen.

„... bitte gebt mir die Kraft mich in Geduld zu üben." Damit beende ich meine Führbitte. Meine Gedanken und meine

Aufmerksamkeit kehren in das hier und jetzt zurück. Der Meister war inzwischen gegangen. Dafür steht der Dafiri im Raum, aufmerksam wachend. Sein Blick schweift immer wieder durch den Raum. Verweilt aber oft bei meinem Mitschüler und keinen dieser Blicke würde ich freundschaftlich nennen. Er wirkt wie ein Wachhund, der jeder Zeit bereit ist loszuschlagen. Dorga macht sich an etwas in der rechten Ecke des Raums zu schaffen, dass meiner Aufmerksamkeit bisher entgangen war. Im ersten Moment halte ich es für eine düstere, skurrile und groteske Skulptur. Ein Konstrukt aus zwei vertikalen und zwei Horizontalen tiefschwarzen Balken etwa Arm dick steht dort. Ein Skelett wurde daran gebunden und genagelt. Angewidert schließe ich die Augen, am Skelett hängen immer noch fetzen getrockneter Haut und Haarbüschel. Die Querträger verlaufen hinter seinem Kopf und hinter seiner Brust. Goldene Nägel wurde der Person durch die Unterarme, Lungenflügel, Herz und Augen getrieben. Auch in seiner Mundhöhle steckt ein Nagel, als wenn jemand seine Zunge an seiner Schädeldeck festnageln wollte. Nach dem Jahre langen Umgang mit Leichen und Knochen. Reicht mir jetzt schon ein genaues Hinsehen. Es verrät mir das es ist ein echtes Skelett ist. Anhand der Knochen registriert mein Verstand sofort das es ein erwachsener Mann gewesen ist. Jetzt glaube ich nicht mehr, dass das ein Kunstwerk sein soll. So wie die Nägel sitzen, wie weit ihre Köpfe vom Knochen und Balken entfernt sind. Ich schlucke, der Mann war noch am Leben als man begann ihn die Nägel Stück für Stück ins Fleisch zu treiben. Leise flüstre ich. „Auf ewig Gebunden, unendliche Qualen. Bei der Herrin und all ihren Richtern das war der Hohepriester des Tempels." Mein entsetzter Verstand registriert am Rande, was mein Mitschüler da treibt. Er zieht an den Nägeln, er hat den aus dem rechten Unterarm schon entfernt und reißt in diesem Augenblick den aus der Mundhöhle. Dabei plappert er unverständliches Zeug vor sich hin. „Nicht du Trottel!" rufe ich noch. Doch es ist zu spät. Das

Skelett bewegt seinen Arm. Die ersten Töne einer Melodie bringe ich noch raus, um die Fäden auf mich einzustimmen. Im Augenwinkle sehe ich wie der der Dafiri mit einem Beil in der Hand auf den Toten zu stürmt. Im nächsten Moment trifft uns eine Welle, eine Schockwelle aus der Welt der Fäden. Jedes lebende Wesen Raum geht zu Boden, genau wie bei mir versagen ihnen die Beine einfach den Dienst. Mir wird schwarz vor Augen, doch ergebe ich mich der Finsternis nicht. Noch ist mein Geist handlungsfähig. Mit aller Macht, die ich aufbieten kann, wehre ich mich gegen das Abgleiten in die Dunkelheit, kralle mich mit im Hier und jetzt fest. Auch wenn ich nur wenige Töne gesungen habe, sind einige Fäden schon auf mich eingestimmt. Ohne Bewegungen der Finger kann ich aber nicht weben. Ich kann nur versuchen die Fäden allein mit meinem Willen zu formen. Wir Weber sagen zwar immer, wir formen die Fäden mit und nach unserem Willen. Der Versuch das zu nutzen, schlägt aber phänomenal fehl oder doch nicht? Einige Fäden schlängeln sich anders als der Rest. So fest ich kann konzentriere ich mich auf das Muster für Schutz. Kopfschmerzen setzen ein, heftige Kopfschmerzen. Das Muster besteht nur aus drei Fäden, es wird kaum Macht haben. Es ist Niemals genug, um die starre aus meinem Körper zu vertreiben. Aber allein diese drei Fäden leicht zu bewegen, kostet mich mehr Kraft als der Koloss, mit dem ich die steinernen Wächter besiegt habe. Nur meine Augen kann ich öffnen. Dabei habe ich das Gefühl auf jedem Augenlied liegt ein Tonnen schwer Steinklotz. Ich lieg auf dem Rücken, der Kopf ist leicht zu Seite gekippt. Alle die in meinem Blickfeld sind, liegen am Boden und rühren sich nicht. Der Dafiri liegt etwa zwei Meter vor mir, seine Waffe immer noch fest in der Hand. Dorga und eine andere Wache wurden völlig überrascht. „Beeindruckend!" Sagt eine Stimme, wobei ich mir nicht sicher bin, ob sie den Weg über die Ohren in meinen Kopf genommen hat oder direkt in meinen Kopf kommt. „Generationen wagt sich niemand in diesen Tempel und dann kommen gleicht Dutzende.

Doch nur eine durchbricht meinen Bann so schnell wie ich ihn gewebt habe." Da ich nur meine Augen bewegen kann, ist mein Sichtfeld sehr eingeschränkt. Eigentlich will ich die Stimme anschnauzen er solle sich zeigen, nur gehorcht weder meine Zunge noch meine Lippen meinem Willen. „Zeig dich!" Sage ich in meinem Geist. „Willst du das wirklich? Mein Anblick ist nichts, was ich einer jungen Tochter des Tores antun will." Wieder versuche ich mich zu bewegen, wieder versagt mir mein Körper den Dienst. Ich höre ein seltsames Klacken, hat die Leiche versucht mit den Fingern zu schnippen? Knochenhände Krabbeln aus der Tasche, in der ich meine Ketten aufbewahre und packen mich an den Schultern. Ich werde von diesen Händen hochgezogen und festgehalten. Für einen Augenblick fragt sich die Weberin in mir, wo die ganzen Knochen herkommen. Damit Hände hoch genug wachsen können, um mich aufzurichten. Dann verdrängt der Anblick des was in mein Sichtfeld tritt alles andere. Vor mit steht die Leiche, die Fetzen der alten Kleidung sind beim Laufen runtergefallen. Seine leeren Augenhöhlen starren mich an. Noch nie habe ich ein wandelndes Skelett gesehen, das keine farbigen flammen in den Augen hat. Im nächsten Moment über nimmt meine Ausbildung in Etikette. „Ich würde mich vor euch verneigen Eminenz, wenn ich das grade könnte." Sage ich ehrerbietig im Geiste. Eminenz, die Anrede, die einem Hohepriester zuteilwerden würde „Ihr gefallt mir Tochter des Tores. Ich habe euch beobachtet seid ihr das Tal betreten und Obelisken und Wächter zu Staub zermalmt habt, war ich zeuge eurer Kunst. Die Konstrukte meiner verräterischen Schüler habt ihr unter euren Willen gezwungen als wären es die ersten schwachen Reanimationsversuche eines Novizen." Die wandelnde Leiche lacht trocken. Ein Geräusch als reibe Metall über Stein. Aber seltener als eine Tochter des Tores ist eine die mit einer Sternen Seele im Gefolge reist." „Verzeiht mir Eminenz, aber ich verstehe euch nicht. Was ist eine Tochter des Tores und was eine Sternen Seele?" frage ich wieder im

Geiste. Wenn der Priester noch eine Mimik gehabt hätte, würde er mich wohl erstaunt ansehen, da bin ich mir sicher. „Wie nennen euch die Menschen in eueren Zeiten? Als ich noch unter der Sonne wandelte waren Frauen, die bei ihrer Geburt den Weg durch das Tor angetreten haben, doch von dort zurück geschickt wurden Töchter des Tores. So wie die erste Prophetin eine war." Er deutet mit seinen dürren Fingern in Richtung der großen Statur. Verbittert antworte ich. „In dieser Zeit bin ich eine Toten Maid. Ein wandelnder Fluch, eine Mörderin, bevor ich geboren war. Der Tod hielt mich im Arm noch bevor ein lebender Mensch es tun konnte." Das Skelett legt den Kopf schief. „Dann lebt ihr in dunklen Zeiten, wenn die Frauen, die von der Herrin und den Richtern auserwählt wurden, so verschmäht werden. Versteht mich nicht falsch „erwählt" heißt nicht das ihr in göttlicher Mission unterwegs seid, es heißt nur das die Herrin euch etwas genauer im Auge behält als die meisten anderen Menschen. Man könnte sagen ihr seid ein … Aktivposten der Herrin und ihrer Richter. Was eure zweite Frage betrifft. Er ist eine Sternen Seele." Der alte Priester deutet auf den Dafiri. Die dunklen Augen des Mannes funkeln im Fackelschein. „Verdammt er hat den Bann abgeschüttelt." Entfährt es mir im Geiste. „Ja, er sieht die Fäden, ohne sie berühren zu können. Die Sternen Seelen, die ich früher kannte, konnten sich aus der Wirkung so manches Musters befreien. Dazu mussten sie das Muster erkennen und es so weit verstehen damit sie wussten, welcher der Fäden der Leitfaden ist, der sie aus dem Zauber trägt. Die Gabe die Fäden zu sehen, ohne sie berühren zu können ist extrem selten und ihre Träger nannten wir sehende Seelen oder Sternen Seelen. Kein normaler Mensch kann meinem Blutbann entkommen, selbst Sternen Seelen sind an ihm verzweifelt. Doch sprich Gebieterin der Knochen. Was führt euch in meinem Tempel? Was sucht eurer Meister so dringend, dass er all die Schwierigkeiten überwindet, nur um in diese Kammer kommen?" „Ihr wisst das wahrscheinlich besser als ich, was er sucht. Mir hat er nicht gesagt, was er sucht. Nur dass er die Kammer ohne uns Schüler durchsuchen wollte." Kurz überlege ich, ob ich mein Vermuten offenlegen soll. Verdammt der alte Prieser weiß wieso mehr als ich über den Ort und seine Geheimnisse. „Ich vermute das es um ein magisches Artefakt oder eine Reliquie geht. Etwas das seine Macht zu mehren im Stande ist. Wie es die Art der Weberfürsten ist, seid wir in die Wüste gejagt wurden. Die Mine des Skeletts bleibt verständlicher Weise unbewegt. „So haben der Orden und die Allianz es also geschafft. Als meine Schüler mich für Gold und das Versprechungen von Macht verrieten, kämpften die Anhänger der Herrin der Wüste noch um diese Berge. Die fanatischen Lichtanbeter und die wilden Stämme, die sie irgendwo aus dem Westen geholt hatten, waren uns über. Die Mando kämpften um jedes Tal, jeden Pass. Nach Jahren des Kampfes war ihr Schlachtruf, der einst die Berge erzittern lies, schon in großen Teilen des Westblutes verhalt. Die Armee oder das, was uns ihr noch übrig war, war auf dem Rückzug. Ich wollte diesen Tempel und die Umliegenden Täler als Rückzugs und Sammelpunkt nutzen. Ein Brückenkopf, von dem aus der Kampfvorgesetzt werden konnte. Auf meinen Befehl wurde aus meinem Tempel eine versteckte Festung, ein Ort des Sammelns und der Ausbildung. Dafür habe ich auch die Kapellen von Tag und Nacht zu Übungsräumen umbauen lassen und wir waren dabei viel mehr Platz für Lager und Unterkünfte zu schaffen. Fallen sollten die wichtigsten Räume vor Eindringlingen schützen. Doch der Orden war verschlagener als ich dachte. Er verführte mein Schüler Narius und Talarsiam dazu mich zu verraten. Sie töteten meine treuen Priester und Diener. Um mich zu verspotten und zu demütigen, erschufen sie aus den Knochen dieser Männer und Frauen die Giganten, die du bezwungen hast. Mich schwächten sie durch Gift, wobei sie nicht mich vergifteten. Oh nein, sie waren schlau und verschlagen wie ihre neuen Herren. Sie vergifteten das Herz und den Verstand meiner Geliebten Klaria. Das Licht meines Lebens griff mich an als wir zusammen im Bett waren. Meine Hände töten die Frau dich ich geliebt habe." Dabei starren seine leeren Augenhöhlen auf seine Hände. „Bevor ich mich danach sammeln konnte oder auch nur ansatzweise Begriff was vor sich ging, griffen die Verräter und ihre Helfer an. Sie banden mich durch Flüche und Rituale. Sie pervertierten das, was ich ihnen beigebracht habe. Dazu nutzten sie Techniken der Lichtanbeter. Meine Seele wurde in die Mauern meines Tempels gebunden. Nachdem alles im Tal entfern worden war, was einst zum Tempel gehörte. Selbst den Boden haben sie vergifte." Eine Pause entsteht, in der der alte Priester seinen Erinnerungen nachhing. „Nach über hundert Jahren, in denen ich alle Hoffnung aufgeben habe, je durch das Tor zu gehen, kommt eine Tochter des Tores und ein Bannkreis nach dem anderen zerbricht. Die Ewigen Wächter und Obelisken, in den die Seelen meiner Schüler gesperrt waren, hast du zertrümmert. Die Belohnung für ihren Verrat war ein Verrat durch ihre neuen Herren gewesen. Die Giganten, die Teil des zweiten Siegels waren neigten das Knie vor euch und der zweite Bannkreis brach. Die Siegelsteine waren der letzte Bannkreis. Mit Sicherheit haben diese verfluchten Lichtanbeter und die Verräter nicht damit gerechnet das eine Tochter des Tores ihr Blut opfern würde, um den dritten Bannkreis zu brechen." Gebannt höre ich der Erzählung dies Priester zu. „Herr woher wisst ihr das alles und warum habe sie euch mit solchem Aufwand gebannt?" Frage ich nach dem er geendet hatte. „Ich hatte so viele Jahre Zeit in den ich durch diesen Tempel streifen und über alles nachdenken konnte. Die Fundamente des Tempels und Obelisken begrenzten meine Welt. Sie waren die Wände meines Käfigs, von dem ich nur ins Tal sehen konnte. Alle meine Fluchtversuche waren vergebens. Als die Obelisken fielen sah ich alles, was im Tal geschah, denn das Tal war ursprünglich mein Tempel. Nicht nur der Teil der in den Felsen geschlagen wurde. Denn das Tal war ein Ort des Lebens und des Glaubens. Ohne all diese Banne war es kein Problem für mich euren Mitschüler dazu zubringen die Nägel zu entfernen, damit ich meine Kunst wieder ausüben konnte. Endlich bin ich frei, kann vor die Richter des Tores treten, meine Sünden bekennen und die Verantwortung für meine Taten übernehmen." Ich blinzele mehr kann ich leider nicht tun, da der Bann mich immer noch daran hindert mich zu bewegen. „Das habt ihr euch verdient Eminenz. Niemand sollte auf ewig gebunden sein und unendliche Qualen erleiden, findet Gerechtigkeit bei den Richtern. Ich bin mir sicher die Herrin der Wüste wird ihren treuen Diener erkennen." Die Worte kommen im Brustton der Überzeugung, den ich glaube fest daran. „So soll es sein Azzarena, Tochter des Tores, Gebieterin der Knochen. Bevor ich diese Welt verlasse, habe ich ein Geschenk für euch. Als Dank für meine Freiheit und Tribut an die Herrin der Wüste." Im Licht der Fackeln sieht es so aus als löse sich aus der linken Augenhöhle ein eine einzelne Träne. Ein Tropfen förmiger Edelstein, klar und weiß blau wie ein Diamant, so groß wie der Daumennagel einer Männerhand fällt auf die knochige Hand des Priesters. „Das ist die Träne des Mondes. Die wertvollste und mächtigste Reliquie die ich kenne. Sie dient uns Webern als mächtiger Fokus. Wenn sie euch als Trägerin akzeptiert, was nicht sicher ist, wird sie mit euch verschmelzen wie einst mit mir. Doch haltet ihren Besitz geheim. Jeder Weber wird euch diesen Schatz neiden." Ohne auf meine Antwort zu warten, drückt die Hand den Edelstein gegen mein linkes Auge, bis es tränt. Für einen Moment fühlt es sich an, als wolle er mir das Auge ausstechen. Verzweifelt versuche ich die Augen zu schließen, ohne Erfolg. Der Druck wird noch größer. „Was tut ihr?" schrei ich im Geist. „Der Stein prüft euch. Tochter." Ist die trockene Antwort. Im nächsten Moment ist es vorbei. Das Gefühl, das mich durchströmt als meine Tränen den Edelstein benetzten ist ... unbeschreiblich. Es ist ein Vielfaches von dem, was ich beim „normalen" Weben spüre. Wenn ich es einem Menschen erklären sollte, der nicht weben kann, würde ich es mit dem besten Sex, den ich je hatte, vergleichen und das mal Zehn nehmen, vielleicht sogar noch mehr. Ein unbeschreibliches ekstatisches Gefühl das sich in meinem ganzen Körper ausbreitet. Als meine Tränen auf meiner Wange trocknen ist der Stein verschwunden und doch irgendwie da. „Die Träne akzeptiert euch Azzarena. Ihr tretet damit in eine Reihe und ehrenvollen Trägern ein die mit Wirsea Smarga begannt. Hallte die Träne in Ehren, dient der Herrin der Wüste treu und ohne Zweifel in all eurem wirken. Ich tat es, was mich zur Zielscheibe des Ordens machte. Sie wollten mich dafür bestrafen das ich sie bekämpft hab, ihnen Verluste und Niederlagen beibrachte. Außerdem glaubten sie wohl, falls ich die Träne des Mondes wirklich besitze, könnten sie diese mit mir hier versiegeln. Sie ahnten wohl das die Träne ein Teil von mir war, verstanden diese Bindung aber nicht. Deshalb tötetet sie mich nicht einfach. Sie sagen, während sie die Nägel in meinem Körper trieben, dass ich bald die Herrin und alle ihre Geschenke verfluchen werde und das bis in alle Ewigkeit. Aber ich bin meiner Herrin und meinem Glauben treu geblieben." Sein Blick richtet sich auf den am Bodenliegenden Dafiri. „Doch er kennt das Geheimnis. Er muss sterben!"

[Laran]

Berge des Wehklagens, innerste Kammer des Tempels

Ich schaffe es einfach nicht die Lähmung abzuschütteln. Mit Skelettkriegern kämpfe ich schon seit Jahren Seite an Seite. Diese wandelnde Leiche jedoch macht mir eine Riesenangst. Es ist von so vielen Fäden umgeben, die, in sich ständig ändernden Muster um ihn herum wirbeln das mir schwindlig davon wird. So etwas habe ich noch nie gesehen. Dass ich die Stimme dieses Untoten und der lebendigen Weberin in meinem Kopf höre, macht mich wahnsinnig. Als er der Herrin etwas ins Gesicht drückt und sie verzweifelt aufschreit. Verändern sich die Fäden schlagartig, viele Muster … verwildern, lösen sich auf. Trotzdem ist er immer noch von sehr vielen Muster umgeben. Auf einmal schauen mich die leeren Augenhöhlen an. „Doch er kennt das Geheimnis. Er muss sterben!" Jetzt dreht es sich zu mir um, die Muster verändern sich wieder. Die leeren Augenhöhlen blicken irgendwie kalt auf mich herab. Mein Körper gehorcht mir noch immer nicht. So kann ich nicht einmal kämpfen, nur am Boden liegen und meinem Schicksal harren. Warum habe ich mich nur für die Weberin gekämpft? Ohne sie wäre ich jetzt nicht in dieser verfluchten Kammer. Weil die Ehre es verlangte und es richtig war, gebe ich mir selbst die Antwort. So mutig wie möglich starre ich zurück „Atrast Mando'a" Ohne diesen Bann würde ich am ganzen Leib zittern, vielleicht sogar meine Blase entleeren. Da der Bann aber da ist siegt der Geist über den erstarrten Körper. In den Augenwinkel sehe ich die grünen Augen der Weberin die zu mir schauen. Ein Herzschlag vergeht, dann noch einer und noch einer. Die Fäden haben ein festes Muster gebildet, das mich entfernt an das der Blutkugeln von Dorga erinnert. Verdammt ich will nicht sterben, trotz all meiner Anstrengungen finde ich keine Schwachstelle im Bann. Die Panik beginnt meinen Geist zu vergiften. „Eminenz, dieser Mann soll leben!" Die wohlklingende Stimme der Schülerin hallt durch meinen Geist, klar und gebieterisch. „Sind die Weber so schwach geworden? Um ein Geheimnis zu bewahren, muss man jeden der davon weiß beseitigen. Nur dann kann man sicher sein, dass es nicht verraten wird." Die Stimme des Priesters klingt hart wie stahl. „Waren Weber zu eurer Zeit wirklich so ehrlos, dass sie treue Diener denen sie ihr Leben schulden umgebracht haben?" Ich fasse es nicht. Diese Weberin legt sich mit einem uralten und unglaublich mächtigen Untoten an um einen Gemeinen wie mich zu schützen? Seit wann gibt es denn solche Adlige? „Willst du mich herausfordern Tochter des Tores? Das wird dir nicht gut bekommen." Ihre Augen funkeln im Licht der Fackeln. „Ich will euch nicht heraus fordern Eminenz, aber ich werde nicht dulden das ihr diesen Mann tötet, er steht unter meinem Kommando, sein Leben gehört mir!" Ihre Stimme klingt fest und kampfbereit, wo nimmt sie nur den Mut dafür her? Für einen langen Moment sieht sich das uralte Wesen das mal ein Priester gewesen muss so wie die Schülerin es anspricht zu ihr um. Spannung liegt in der Luft, die Muster bereit zum zuschlage. Ein Geräusch wie von kreischendem Metall hallt urplötzlich durch die ganze Kammer, es dauert einen Augenblick, bis ich realisiere, dass das kein Angriff ist. Das Skelett lacht. „Ihr gefallt mir beide. Der eine der bis zum Schluss kämpft, kein Gejammer oder winseln. Kein fehlen um sein Leben. Ein Mando vom Scheitel bis zur Sohle. Die andere die über mehr Mut und Ehre verfügt als meine beiden Schüler zusammen. Was würde ich dafür geben, wenn ich euch damals als Gefolge gehabt hätte und nicht zwei Schlangen. Vielleicht hätten wir dann gewonnen oder wenigsten nicht komplett verloren." Jetzt wo mein Geist etwas zur Ruhe kommt, sehe ich wieder Details. Immer mehr Fäden fallen aus den Mustern, die den Alten umgeben. „Eminenz." zwinge ich mich zu „sagen". „Die Fäden schwinden, eure Ewigkeit in diesen Mauern sollte vorbei sein, wenn die Muster sich aufgelöst haben." Wieder sehen mich die leeren Augenhöhlen an. „Du siehst viel Sternen Seele und sprichst wenig, eine gute Kombination in alten Zeiten. Denk immer an die Worte der Prophetin. „Ein Leben in stille ist lang." Ich hoffe Tochter ihr habt heute nicht euren Tod beschlossen." Sie antwortet ruhig. „Wenn ich heute meinen Tod beschloss habe, dann kann ich vor die Richter am Tor treten, erhobenen Hauptes und ohne Reue. Ich kann sagen bei dieser Entscheidung ist meine Ehre und mein Gewissen rein, nun könnt ihr euer Urteil fällen." Die Stimme des Priesters wird schwächer. „Die Ehre ist eine zwei schneidiges Schwert, viele erlagen ihm. Sollte es euch umbringen sehen wir uns hinter dem Tor wieder. Dann werden wir sehen wer heute recht hatte. ... ENDLICH." Das letzte Wort war nur noch ein Hauch, ein flüstern. Im nächsten Moment bricht das wandelnde Skelett in sich zusammen. „Herrin wir sollten nicht wach sein, wenn die anderen erwachen." „Da hat er recht" sagt sie kalt wie immer. Die Knochen, die sich aufrecht gehalten haben, zerfallen genau so schnell wie der Rest des Banns und dies Zaubers durch den ich ihre Stimme in meinem Kopf hören konnte. Verdammt jetzt schulde ich der Schülerin mein Leben. Herrin der Wüste, das ist ein seltsamer Scherz auf meine Kosten.

12. Kapitel: Ein letzter Gruß im Tempel
[Rabia]

Berge des Wehklagens, innerste Kammer des Tempels

Die Standpauke, die der Meister Dorga hält, ist lang und heftig, wie ich mit Vergnügen feststelle. Aber ich versuche so ausdruckslos wie möglich zu bleiben, bevor der Zorn auch mich trifft. Das der Meister in sehr schlechter Stimmung ist wäre eine monumentale Untertreibung. Als wir uns von dem Bann befreit hatten kam auch schon der Meister in die Kammer geeilt sah die Knochen des Priesters in der Mitte des Raums, Dorga der grade neben dem Gestell auf die Beine kam, noch mit einem goldenen Nagel in der Hand. Weder der Dafiri noch ich habe ein Wort darüber verloren, was nach der Schockwelle passiert ist. Dorga berichtet kleinlaut das er von einen unbegreiflichen verlangen befallen wurde diese goldenen Nägel aus dem Gestell zu ziehen. Er gesteht das er gegen die starre und schwärze angekämpft hatte. Dass es ihm aber nicht gelungen war den Bann zu brechen. „Und du Schülerin, konntest du die starre brechen?" Jedes einzelne Wort genau abwägende konnte ich ehrlich sagen Antworten. „Nein Meister, auch ich habe alles versucht um die Starre zu durchbrechen. Einen Zauber von solcher Macht habe ich vorher noch nie erlebt." Ich sehe meinen Meister dabei direkt an und bete das er mir das so glaubt. Es ist zwar nichts als die Wahrheit, doch ein Fürst wird man nur wenn man merkt das sein gegenüber einem Dinge nicht sagt. Dass die Wahrheit noch lange nicht immer die ganze Wahrheit ist.

„Wir packen zusammen und verlassen diesen Ort. Azzarena du sammelst alle Leiche ein. Gibt auch den Soldaten Bescheid das unsere Spuren so gut wie möglich beseitigen sollen. Morgen Nacht brechen wir auf. Danach entlässt er uns mit einer Handbewegung. Er selbst wird sich wohl um seine Novizin kümmern. Die sicher sehr eifrig lernt, nach dem sie gesehen hat, was mit ihrer sturen Schamanin geschehen ist. Mein Fürst hatte die Zeit als die Obelisken freigelegt wurden mit der kleinen Schamanin verbracht. Das Mädchen wird davon noch lange Alpträume haben und an ihren eigenen Untaten vielleicht zerbrechen, die sie im Beisein ihres neuen Herren an ihrer alten Lehrerin begangen hat. Ich selbst bin froh, dass ich nur das Resultat und nicht den Weg dahin gesehen habe. Aber ich bin mir sicher, dass die Alte alles gesagt hat, was sie wusste und ihr Tod für sie eine Erlösung gewesen ist. Vor dem fürstlichen Zelt wartet der Dafiri wie immer voll vermummt gegen den Staub, genau wie ich. „Herrin?" Wie es sich gehört, verbeugt er sich tief, vielleicht etwas tiefer als notwendig. „Er kann sich erheben. Was gibt es?" frage ich knapp. „Herrin der Dieb, der eure Ketten gestohlen hat, wartet noch auf seine Bestrafung. Ich hatte Anweisung geben das ihm kein Haar gekrümmt wird, bis ihr seine Strafe verkündet." „Ach ja der Dieb, bringe er mich zu ihm!" „Sehr wohl Herrin, bitte folgt mir." Seit dem Gespräch mit dem toten Hohepriester benimmt er sich absolut professionell, hat das Geschehene mit keinem Wort erwähnt, keine Fragen gestellte, nicht die kleinste Andeutung gemacht, nur geschwiegen. Selbst in Momenten wie diesen wo wir augenscheinlich allein. Er hat das Geschehene also tief in seiner Seele begraben. Gut so.

Der Dieb stellt sich als dünner Junge heraus. Der unter Angst und Tränen schildert was Dorga ihm und seiner Schwester versprochen hatte. Warum sollte mich das kümmern? Um uns sind die kläglichen Überreste dessen, was vor etwa einer Woche noch einige stolze Talerea Sippen gewesen sind. Nun sind es nur noch gebrochene Frauen und Kinder die unter der harten Arbeit, Wassermangel und den Geschehnissen der letzten Tage leiden. „Hört mir zu. Dieser Bengel hat mich, eine Weberin und Schülerin des Fürsten Jolga, bestohlen. Das ist als hätte er eure Schamanin bestohlen. Was würdet ihr mit einem solchen Dieb tun." Niemand antwortet. „Ich frage noch einmal was würdet ihr mit einem Dieb, der eure Schamanin bestiehlt, tun?" Irgendwer sagt. „Ihn töten." Ich sehe den Jungen an. „Du schuldest mir dreißig Knochen Bengel, dreißig menschlich Knochen." Seine Augen weiten sich noch mehr. Er winselt unter Schluchzern um Gnade. Schwört bei allen möglichen seltsamen Göttern das er so etwas nie wieder tu wird. Zwei Knochenkrieger packen ihn, auf meinen Wink. „Fürstin bitte er ist doch nur ein fehlgeleiteter Junge." Beginnt eine der Frauen, unter meinem strengen Blick vergehen ihr die Worte schlagartig, als hätte ich sie geohrfeigt. „Im Reich der 1.000 Blätter wird einem Dieb, der das erste Mal erwischt wird, die Hand abgeschlagen. Obwohl ich als Weberin auch härtere Strafen fordern kann. Eine Hand besteht aus etwa Dreißig Knochen. Das reicht um seiner Schuld an mir genüge zu sühnen. Er wird sein Leben behalten, wird aber lebenslang für seine Tat bezahlen. Und Junge ich fange keine Seelen. Ich bediene mich nur der Knochen, die Seelen gehören den Göttern. Das ist das Gesetzt der Herrin der Wüste. Also keine Angst deine Familie ist nicht in meiner Kette gefangen." Die letzten Worte sage ich schon fast sanft. Er sieht mich mit großen Kinderaugen an. Der Augenblick zerbricht als eine dritter Knochenkrieger mit einer rotglühenden Axt kommt und das Urteil wird vollstreckt. Die Wunde wird durch die rotglühende Klinge sofort kauterisiert. Schlagartig riecht es nach verbranntem Fleisch, Urin und Exkrementen. Der Junge windet sich schreien vorschmerz am Boden. Einer der Knochenkrieger reicht mir stumm die abgetrennte Hand des Jungen. Vor den Augen aller Anwesenden verbrenne ich das Fleisch mit grünem Feuer. Die Knochen lasse ich in einen kleinen Lederbeutel fallen. „Lasst euch das eine Lehre sein. Haltet euch an die Gesetze des Reiches." Die ganze Sache hat mir kein Vergnügen bereit ist aber notwendig. Ohne Recht und Ordnung würde Chaos herrschen. Außerdem halte mich die Berger, seit ich ihre Toten erweckt habe sowie so für ein Dämonin der Wüste, die Seelen fängt und Träume verschlingt. Bei diesen Gedanken entfährt mir ein bitteres Freudloses Lachen. Damit sind sie nicht sehr weit von dem entfernt, was mein Heimatdorf und so manchen in Kornatan über mich denkt.

Die restliche Zeit hier im Tempeltal und im Dorf verbringe ich damit aus Leichen und Knochen Skelettkrieger zumachen und an Runenstein zubinden. Damit sollten sie die Reise bis Kornatan überstehen ohne, dass sie mich groß belasten. Rund um mich herum werden die Zelte abgebaut, alles, was einmal das Lager war, wird auf Packtiere verladen. Unsere Taktik ist, keine Spur zu hinterlassen, was mit dem Lager der Berger passiert ist. Auch wenn allen klar ist das wir die Anwesenheit unserer großen Truppe, die über eine Woche hier war, nicht gänzlich verschleiern können. Erst kurz vor dem Aufbruch schaffe ich es noch einmal in den Tempel zu gehen. Meine Laterne spendet nur wenig Licht in der Großen Halle. Es ist, als wenn mich wieder etwas in diese große Halle, vor die Statur der ersten Prophetin zieht. Deren Haut und Augenfarbe mir so ähnlich sind. Ob sie auch eine Außenseiterin war, bevor sie die Prophetin geworden ist? Denn ich mache mir nichts vor. Nicht nur die Berger halten mich für ein Monster, jeder der mich beim weben gesehen hat und ich nicht vollverschleiert war denkt das. Hast du dich auch so „verwandelt", wohl nicht. Wann wurde aus den Töchtern des Tores die Toten Maiden? Aus der Erwählten der Herrin, ein wandelnder Fluch. Ich lausche in die stille des Tempels, aber eine Antwort bekomme ich nicht, so bete ich noch einmal um Geduld und Erkenntnis bevor ich den Tempel, das Gefängnis und Schlachthaus verlasse. Ob ich je die Zeit haben werde die Reliefs, Inschriften und Bildszenen in Ruhe zu studieren? Wir der Tempel ohne seine Wächter und Banne die nächsten Jahre so unbeschadet überstehen, wie das letzte Jahrhundert? Ich weiß es nicht, seufzend wende ich mich zum Gehen.

[Laran]
    Der alte Tempel und die Weberin der Knochen

Tor Wüste irgendwo südwestlich von Kornatan

Die Rückreise zur Hauptstadt dauert fast zwei Wochen. Eine anstrengende Reise durch die Wüste entlang einer geheimen Route, die durch Wasserlöcher und versteckte Vorratslager bestimmt wird. Trotzdem leidet alles, was lebt auf dieser Reise. Die Tiere wie die Menschen. Einige der Sklaven erliegen der Hitze und der Erschöpfung. Balir verliert die Ringe mit dem Tod. Er hat nach Tagen des Kampfes für immer die Augen geschlossen. Die Wunden die ihm der Knochengigant zu gefügt hatte waren einfach Zuviel für einen Menschen. Wir senden seine Seele zu den zwölf Richtern des Tores und empfehlen sie unseren Ahnen. Am nächsten Morgen marschiert sein Gerippe in der bleichen, stummen Truppe der Weberin. Wir können die Leiche nicht begraben, das wäre eine Spur auf unserer geheimen Route. Wir können sie nicht verbrennen, ein Scheiterhaufen wäre ein Leuchtfeuer und in dieser Wüste sind Menschen bei weiten nicht die gefährlichsten Wesen. Das schlimme daran ist nicht das wir in nicht bestatten können. Das schlimme daran ist das ich nach kürzester Zeit nicht mehr sagen kann welches Skelett Balir war. Bisher hat mich so etwas nicht gestört. Jeder von uns weiß das sein Körper nach dem Tod weiter dem Reich dient. Aber dieser Tempel mit all seinen Schrecken, vor allem aber mit diesem komischen Knochenpriester, haben an der Gewissheit gerüttelt. Leichen die mit den Lebenden reden können. Seelen die über Generationen in einem Gefängnis eingesperrt sind? Das alles passt nicht zu dem Bild, das ich von Leben nach dem Tod habe. Uns wird beigebracht unsere Weber nutzen die Körper aber die Seelen geht zu den Richtern und dann durch das Tor, die Sünden büßen, die man im Leben angesammelt hat. Um irgendwann, wenn die Buße beendet ist in eine paradiesische Welt, zu seinen Ahnen. Nun nagen Fragen an mir. Am liebsten würde ich den ganzen Einsatz rund um den Tempel vergessen. Nur das meine

Der alte Tempel und die Weberin der Knochen

Alpträume dafür sogen das das nicht so schnell geschehen wird und es geht nicht nur mir so. Jeden Tag sehe ich wie meine Männer ängstlich zur Weberin sehen. Aus irgendeinem Grund finden sie eine Frau, die sich mehr oder weniger in ein Skelett verwandelt, wenn sie webt, erschreckender als den Kampf gegen ein Knochengiganten. Vielleicht liegt es daran das die Giganten mit Beute beladen in unser Karawane marschieren, als treue Schoßhündchen der Weberin. Am Morgen des Dreizehnten Tages erreichen wir endlich Kornatan, die Hauptstadt des Reiches. Die Stadt schmiegt sich an einen Gebirgsausläufer der Knochenberge. Diese Ausläufer die zwei Seiten der Stadt umgeben, schirmen sie vor den Sandstürmen aus der Wüste ab. Gesegnet mit einem Unterirdischen Fluss, der sich innerhalb der Stadt einen Weg aus dem Gestein sucht, ist sie eine grüne Oase erfüllt von Leben. Kurz vor der Stadtgrenze beeile ich mich mit meinem Kamel die Weberin einzuholen. „Herrin?" Die grünen Augen blicken mich fragend an, mit einem kurzen nicken erteilt sie mir die Erlaubnis zu sprechen. „Herrin, ich möchte mich noch bedanken das ihr meine Männer im Tempel am Leben erhalten habt und mich gleich mehrfach. Das ist nicht selbstverständlich und deshalb. Vielen Dank möge die Herrin der Wüste euch dafür segnen." Sie sieht mich nur ungläubig an. Jedenfalls wenn ich ihre Augen richtig deute. Ich finde es schwer die Mimik von Leuten, die ich nicht kenne zu deuten, wenn ich nur ihre Augen sehe. „Es war mir eine Ehre." Sagt sie nach einer langen Pause gefolgt von. „Nur weil ich über Knochen gebiete, heißt das nicht das ich das Leben nicht zu schätzen weiß. Dafiri." Die Worte klingen hart, ich habe sie ganz offensichtlich beleidigt. „Herrin ich wollte euch nicht beleidigen." Beeile ich mich klarzustellen, doch sie nickt nur kurz und wendet sich ab.

„Dafiri, komme er zu mir." Sagt der Fürste und winkt mich von seiner Schülerin zu sich. Die kleine Schamanin reitet in seiner

Nähe. „Gebieter?" „Ich habe ihm für das Finden des Tempels eine Belohnung versprochen, auch das gefangen nehmen der Schamaninnen soll belohnt werden. Er kann sich morgen zwanzig Sonnentaler bei meinem Hausverwalter in der Villa der drei Brunnen abholen." Ich blinze mehrfach und traue meinen Ohren nicht. Zwanzig Sonnentaler, das heißt zwanzig Goldtaler. Das ist mehr als ich in meinem ganzen Leben besessen habe. Das ist sehr viel Geld in einer Stadt voller Diebe, Huren und Wirtshäusern. „Aller gnädigster Gebieter, die Belohnung ist überaus großzügig. Darf ich bescheiden darum bitten. Das ihr fünfzehn von diesen Talern von den jährlichen Abgaben, die meine Sippe zu entrichten hat, erlasst und mir nur den restlichen fünf gebt." Jetzt kann ich nur hoffen, dass er die Bitte versteht und sich nicht beleidigt fühlt. „So soll es sein Dafiri aus der Bärensippe der Mando. Er kann sich das Geld morgen bei meinem Hausverwalter in der Villa der drei Brunnen abholen." Dann entlässt er mich mit einer Handbewegung. Ich hoffe das ich in nächster Zeit nichts mehr mit Weber zu tun habe. Dass die nächste Mission ein ganz normaler Routine Auftrag wird. Jetzt will ich die Freuden des Lebens in der Stadt genießen. Meinen Männern ein oder zwei Bier ausgeben und ein paar Münzen. Es ist wichtig das einen die Soldaten Loyal sind und ich habe ihnen versprochen einen auszugeben. Doch jetzt ab ins Verfügen, nach all dem Tod will ich das Leben in vollen Zügen genießen.

[Aldan]

Oase von Walik am Rande der Salzstraße, nördlich von Schimbal

„Wir sind nicht sicher, was dort draußen sein Unwesen treibt. Aber die Reisenden aus dem Norden werden weniger. Wir hören das Salzgeschäft kommt ins Stocken da immer mehr der Marimaan, der kleinen Salzkarawanen aufgeben oder in den endlosen Dünen die Wüste verschwinden. Ohne das Salz kommen viel weniger Karawanen aus Umkuhl auf dem Weg nach Schimbal hier durch. Auch sollen insgesamt weniger Karawanen auf der Nordroute unterwegs sein. Die Räuberband und Vagabunden finden dadurch keine Ziele mehr, glaubt mir sie schließen sich zu Banden von hundert Mann zusammen. Diese Armee von Gesindel greift Dörfer, Wegstationen und Oasen an." All das habe ich gehört, seit ich mich im Umland unterwegs bin. Aber wie schon in den Bergen weiß, Niemand etwas Genaues. Es ist zum Verzweifeln, die stolzen Bergstämme die Talerea verkriechen sich vor einem Unbekannten Schatten, durch ihre eigenen Seher und deren Visionen vor Angst gelähmt. Die Oasen zittern vor Räuberhorden, während die Wüste alles verschlingt, was sich in ihren Dünnen wagt. Vielleicht bin ich paranoid aber für mich wirkt es so, als wenn jemand bewusst Schimbal von seinen Verbündeten abschneidet. Dafür gibt es nur eine Erklärung einen Angriff. Umkuhl ist mein erster Verdächtiger, immerhin versuchen sie seit Jahren ihren Einfluss nach Süden zu erweitern. Der Salz- und Sklavenhandel ist sehr gewinnträchtig, damit könnten sie bald mit Bybolan gleichziehen. Nur gibt es noch weitere Interessenten? Wenn ich Schimbal einmal als Ware betrachte, dann würde ich mich fragen an wen könnte ich noch verkaufen. Also gehe ich im Kopf die Nachbarn von Schimbal durch. Im Norden liegt Umkuhl die Große Stadt am Meer, das Tor zu fernen Ländern. Jenseits des großen Wassers. Im Süden ist wochenlang nichts bis irgendwann die Savanne des Grünen Ozean beginnen. Im Westen liegen die Berge des Wehklagens dort leiden die Stämme ebenfalls und dann kommt Bybolan. An den Ufern des Sgriti gelegen, als die Stadt des Lichts bekannt und das Zentrum der Zivilisation und Kultur in diesen Teil der Welt. Im Osten die Wüsten, eine unendliche Weite aus Sand und Tod. Aber auch die Heimat der großen Salzfelder. Nicht zum ersten Mal in den letzten Tagen frage ich mich, ob die Antwort nicht in den Tiefen des Sandes

Der alte Tempel und die Weberin der Knochen

liegt. Eine Expedition ohne weitere Anhaltpunkte könnte ein Menschenleben suchen, ohne etwas zu finden, außer den schnellen Tod. Die sandigen Wege in der Oase tragen meine Füße von allein, während ich nachdenke. Vorbei an einigen Lagerhallen, in denen das Salz das die Marimaan herbringen, gesammelt wird um dann in größeren und schwer bewachten Karawanen nach Schimbal gebracht wird. Über den flachen Häusern mit ihren dicken, weiß verputzten Wänden sind Dattelpalmen zu sehen. Langsam nähre ich mich den Basar der Oasenstadt. An einer Ecke an der Hauptstraße sitzt ein Bettler mit grauem verfilztem Haar und Bart. Der Haut fehlt der Kupferton, er kommt also nicht von hier. Er hält mir eine Schüssel aus Holz hin. Automatisch werfe ich ein paar Kupferstücke hinein. Das gehört bei uns zu guten Ton, als erfolgreicher Händler, gibt man den Armen etwas. Der Bart der wie ein Dorngestrüpp um seine Mund wirkt, als er spricht ist ebenso grau wie sein Haar. Seine Augen sind durch eine schmuddelige Augenbind verdeckt, die er sich um den Kopfgewickelt hat. „Oh ich danke euch Herr der Münzen. Möge Euch das Ewige Licht vor dem Schatten der Vergangenheit bewahren, der auf dieses Land fällt." Wie angewurzelt bleibe ich stehen, drehe mich zu dem blinden Bettler um. Doch der Mann ist nicht mehr da. Ich sehe einen Blinden aber ohne die graue Mähne und einen mit der grauen Mähne aber nicht in Lumpen, sondern in einem alten Kaftan. Verwirrt schüttle ich den Kopf, werde ich langsam verrückt? Habe ich nicht aufgepasst und einen Sonnenstich? Sehe ich schon Gespenster? „Schatten der Vergangenheit. Die Dunklen die einst die Berge bewohnten. Wer genau hat diese Region vor den jetzigen Herren bewohnt? Könnte es sein? Nein keine weiteren Mutmaßungen ich muss jetzt dringen die Archive von Schimbal. Ich brauche Antworten. Wieder vermisse ich meine Suri. Wenn ich ihr von meinen Erkenntnissen erzählen würde, würde sie vielleicht genau den

Hinweis geben, der mir fehlt. In dem sie eine Frage stellt und zusammenhänge sieht, wo ich es nicht tue.

13. Kapitel: Ein Wettkampf der Knochen
[Rabia]

Kornatan, Villa der drei Brunnen

Irgendetwas geht vor sich. Der Meister ist in vielen Besprechungen, Besucher kommen und gehen in den Tagen und Wochen nach der Expedition. Doch erfahren tun wir Schüler nichts. Neben meinen Pflichten und von denen habe ich nach der Expedition einige, versuche ich mich vor allem in der Knochenmetamorphose zu üben, auch wenn ich hier nicht dreißig Knochenkrieger für einen Versuch zur Verfügung habe. Das schöne ist das Dorga auf eines der Güter des Fürsten geschickt wurde. Daher habe ich zur Abwechslung mal meine Ruhe. Das Hauspersonal ist an mich gewöhnt, hält aber wie immer Abstand, wenn ich sie nicht explizit anweise in meiner Nähe zu sein. Selbst dann halten sie noch möglichst große Distanz zu mir. Die kleine Schamanin wurde mit einer größeren Eskorte zum Schattental geschickt. Damit gibt es niemanden der mich bei meinen Übungen und Experimenten mit der Träne stören oder erwischen könnte. Dieser Edelstein ist ein unglaublicher Fokus. Ein normaler Fokus wirkt, wie ein Trichter, der mir hilft, mehr Fäden auf mich zu kanalisieren die ich dann verweben kann. Die Träne kanalisiert nicht nur, nein sie saugt die Fäden aus der Umgebung an, um sie dann zu kanalisieren. Ich vermute das die Träne noch mehr kann, die Fokuswirkung ist großartig, aber ich glaube kaum das darüber ein solches Aufhebens gemacht worden wäre. Nur weiß ich nicht wie ich die anderen Fähigkeiten der Träne herausbekommen kann. Die erste Anlaufstelle wäre die Bibliothek, der Hort unseres Wissens. Die Schriften wüssten sicher etwas über die Träne zu berichten. Beinahe wäre ich auch losgezogen, um meine

Neugierde zu befriedigen. Aber jeder Schüler weiß das ihre Meister sie gerne überwachen. Nur um zu wissen, woran sie arbeiten und forschen. Ich bin mir nicht einmal sicher ob meiner nicht etwas ahnt, daher muss ich sehr vorsichtig sein. Es muss noch viel Wasser aus den Knochenbergen herunterfließen, bis ich es wagen kann in Richtung der Träne forschen kann.

Die Arbeit im Labor mag ich sehr gern, hier unten in den Kellern der Villa ist es kühl und ruhig. Das Personal kommt nur in die Gewölbe, wenn es einen Grund hat. Die Keller sind so zusagen mein kleines Reich. Das Gesinde nennt ihn nur noch die Knochen Gruft. Aber nur wenn sie denken das ich nicht zu höre. So wundert es mich als jemand an die Tür meines Labors klopft. Mit einem schroffen „JA!" gebe ich dem ungebetenen Störenfried die Erlaubnis einzutreten. Einer der Diener tritt ein. „Herrin, oben wartet ein Bote auf euch. Er sagt er kommt vom Fürsten und es sei dringend." Seufzen legen ich den Runenstein weg, an dem ich gearbeitet haben. „Immer diese Unterbrechungen." Die spezielle Kontrollrune an der ich grade für meinen Meister arbeite ist ruiniert als mich das Klopfen aus meiner Konzentration gerissen hat. Der Diener schafft es nicht sein Entsetzen ganz zu verbergen. Meine schlechte Laune macht ihm ganz offensichtlich Angst. „Ich komme gleich, der Bote soll so lange warten!" Sofort flüchtet der Diener aus meiner „Gruft".

Etwas später betrete ich die pompöse Eingangshalle der Villa. Mein Gesicht wie immer in der Öffentlichkeit hinter Schleier und Kopftuch verborgen. In der Halle wartet ein Mann in der Uniform eines Palastboten. „Ich bin Azzarena die Schülerin von Fürst Jolga, er hat eine Nachricht für mich?" sage ich in kühlem Ton. Der Bote in der blauen Uniform der Palast Bediensteten verneigt sich hastig, wie es sich gehört, wenn er mit einer Weberin spricht. „Herrin ich soll euch von Fürst Jolga bestellen das ihr euch umgehen im Palast einfinden sollt. Mir wurde weiter aufgetragen euch dort hinzubringen." Dann über reicht er mir ein Siegelstein meines Meisters, dieser legitimiert den Boten. In den Palast? Bei der Prophetin was ist denn jetzt los. Eine rangniedere Schülerin wie ich wird doch nie in den Palast gebeten. „Warte er hier ich muss mich entsprechend kleiden." Der Bote schüttelt den Kopf. „Herrin der Fürst sagte umgehend und verlieh diesen Worten sehr viel Nachdruck." „Ich verstehe, Wache eine Eskorte. Ich hole nur meinen Umhang." So finde ich mich schon wenig später in den Straßen Gewirr von Kornatan wieder. Überall enge Gassen und Durchgänge die schon fast Tunnel sind, wo die Häuser links und rechts der Straße zusammengewachsen sind. Normaler Weise gehe ich gerne durch die quirligen Straßen, schaue in die Auslagen der Händler und Handwerker an. Genieße das Leben, das hier pulsiert, auch wenn ich kein Teil davon bin. Aber selbst eine Schülerin der Webkunst wie ich würde es nicht wagen in einigen der engen Gassen zugehen. Was sich dort in den Schatten abspielt, sollte auch dortbleiben. Die beiden Hautstraßen der Stadt treffen sich am Palast, bilden einen Ring rund um den Palastkomplex. Sie sind von Bäumen und Büschen gesäumt, in der Stadt stehen viel Pflanzen. Überall in und an den Fenstern hängen Kübel mit Kräutern und Gewürzen. Auf den flachen Dächern stehen Sträucher und kleine Bäume. Die den Bewohner Schatten spenden, wenn sie auf den Dächern sitzen oder arbeiten. Angeblich gaben die vielen Pflanzen unserem Reich, das Reich der 1.000 Blätter, seinen Namen anderer Legenden berichten davon das seine große Bibliothek ihm den Namen gab. Umso näher wir dem Palast kommen umso voller werden die Straßen. Bittersteller, Boten, Beamte und Würdenträger streben auf den Palast zu. Wie Fliegen um schwirren fliegende Händler, Bettler und Huren diese Menschen, um ihnen das Geld aus den Taschen zu ziehen. Der ganze Palastkomplex ist aus weiß getünchten Steinen erbaut und wird von einer acht Meter hohen Mauer aus dem gleichen Material umgeben. An allen Toren stehen Wachen, die jeden kontrollieren der hineinwill. Unser Führer drängt einfach an der langen Schlange der Bittsteller vorbei. Dafür ernten wir viele böse Blicke doch nur wenige halten meinem Blick lange stand. Wenn sie sich kreuzen. Am Tor steht ein halbes Dutzend Wachen, die dafür sorgen das niemand der nicht wie ich mit einem uniformierten Palastboten kommt und damit privilegiert ist einfach hereinkommt oder sich vordrängelt. Nur meine Eskorte muss ich zurücklassen. Hinter mir schließen sich die schweren Eisentüren mit einem dumpfen Laut. Mit großen Augen bestaune ich den Reichtum und Prunk, den Marmor und die unglaublichen Teppiche an den Wänden. Der Bote führ mich zielsicher durch ein Gewirr von Gängen und Hallen, irgendwann habe ich das Gefühl, das das ganze Gebäude ein einziger Irrgarten ist. Ein Gang gleicht dem nächsten, es gibt Sackgassen und dann kommen wieder sehr ähnliche Räume. Nach einer gefühlten Ewigkeit halten wir vor einer Tür, die wie hundert andere aussieht. Der Bote klopft, wartet und öffnet die Tür, mit einer Hand und einer leichtet Verbeugung bitte er mich einzutreten. Hinter mir schließt er die Tür von außen. In dem Raum stehen eine mit Fellen belegt Bank, einige Stühle sind um einen großen Holztisch gruppiert. Auf dem zwei Krüge und eine Schale mit frischem Obst steht. Die Fenster sind mit hölzernen Läden versehen durch deren geöffneten Lamellen Licht herein fällt. Ist das ein Warteraum oder ein Besprechungszimmer? Zwei Männer warten hier Raum auf mich, der eine ist mein Fürst in seinen zweit besten Gewändern. Der andere ist ein Mann unbestimmten Alters in der grünen Robe und mit den Insignien eines Hohen Richters. Sofort falle ich in einen tiefen Knicks und neige den Kopf. „Ich grüße den Hohen Richter ihrer Majestät und euch mein Meister." „Du kannst dich erheben Azzarena." Sagt mein Meister knapp. „Das ist der Hohe Richter Balkori." Der Mann sieht mich mit dunklen Augen streng an. Seine ganze Erscheinung vermittelt Strenge und Humorlosigkeit. Auch seine Kleidung ist nach genau diesem Kredo geschnitten. Sein Gesicht mit dem Spitzen dunklen Bart und die eingefallenen Wangen verstärken den Eindruck zusätzlich. Scheiße was im Namen des Tors ist hier los. „Du bist Rabia Azzarena aus dem Dorf Glafrik an der Saltori Furt?" Zustimmend nicke ich. „Ja, Herr das ist mein Geburtsdorf." Er fährt mit seiner Befragung vor. „Die zweite Schülerin von Fürst Jolga und angehende Knochenweberin?" Wieder bestätige ich. „Es heißt du bist eine Toten Maid." Obwohl ich diesen Namen abgrundtief hasse, versuche ich in neutralen Ton zu antworten. „Ja Herr so nennt man mich." Worauf will der Richter hinaus. „Weißt du, warum du hier bist?" „Nein Herr, ich bin dem Ruf meines Meister gefolgt, aber ich weiß nicht den Grund meiner Anwesenheit." „Gut jetzt lege alle Knochen und Knochenfragmente ab, due du bei dir trägst." „Das werde ich gerne tun aber darf ich untertänigst fragen warum?" Während ich frage, lege ich alles ab was aus Bein ist. Meine Gebetsketten, auch meine Ohrringe und meine Halskette sind Bein Schnitzereien. Seit dem Hinterhalt, trage ich mehr Knochen am Körper als früher. Zuletzt lege ich meine Fokuskette, obwohl ich mich höchst ungern davon trenne, ab. „Schwörst du das du keine Knochen mehr am Körper trägst?" Bei dieser Frage sieht mich der Richter so ernst und intensiv an als würde er direkt in meinem Kopf schauen. „Meine rechte Hand auf die Brust legend und die Linke auf die Stirn. „Bei meiner Ehre und meinen Knochen schwöre ich es." Sage ich feierlich. Was soll das alles? Jetzt misch sich das erste Mal mein Meister in diese seltsame Situation ein. „Herr der Fokus meiner Schülerin ist diese Gebetskette aus Knochen. Es wäre…" weiter kommt er nicht. „Fürst Jolga die Regeln wurden sehr klar definiert und ihr habt das Mädchen vorgeschlagen. Jetzt muss sie zeigen, was sie kann. Kommt, die anderen Warten schon." Alle Knochen landen in einen Lederbeutel, den der Richter mitnimmt. Mit langen Schritten folgt ihm mein Fürst und dann ich. Schweigen geht es wieder durch einige Gänge. Der Raum, zu dem er uns führt, sieht aus wie eine Arena. Ein Oval mit Sand auf dem Boden umgeben von drei Meter hohen Wänden aus grauem Stein. Vier

Tore führen in das vierzehn auf zwanzig Meter große Oval. Auf den grauen Mauern sind Bänke und so etwas wie Logen zu erkennen. Auf den Bänken sitzen Menschen, ob die Logen auch belegt sind, kann ich nicht sagen. Sie wurden so arrangiert das man von innen hinausschauen kann, umgekehrt sehe ich nur Schatten. Sehen, ohne gesehen zu werden viel Wert in der Welt des Adels und legt ein „Bewohner" der Loge doch Wert darauf gesehen zu werden muss er nur ein Licht entzünden. Sechs andere Menschen stehen mit mir zusammen in der Arena. Alles Schüler, einige kenne ich aus dem Schattental oder aus der Schülerbibliothek, aber keiner grüßt mich. Als ich sie in der Mitte der Arena erreiche. „Schüler!" Der Richter steht nun oberhalb der Arena. „Ihr wurde von euren Meistern hier hergerufen, um einen Wettstreit der Webkunst auszutragen. Der Sieger wird auf eine wichtige Mission geschickt. Alle anderen müssen weiter an ihren Talenten in der Knochenkunst arbeiten. Die Regeln sind simpel. Es treten immer zwei Schüler gegeneinander an. Es darf nur Knochenkunst in all ihren Facetten eingesetzt werden. Jeden der Kontrahenten wird ein vollständiges menschliches Skelett zur Verfügung gestellt. Es dürfen keine anderen Knochen verwendet werden als je die euch gestellt werden. Der Sieger tritt dann gegen den nächsten. Der Schüler oder die Schülerin, die am Ende die meisten Siege hat, hat den Wettstreit gewonnen. Gewonnen ist ein Kampf, wenn der Kontrahent Kampf unfähig ist oder aufgibt. Niemand darf getötet werden und das unterstreiche ich noch einmal. Es darf keine Toten geben. Haben das alle verstanden? Hebt die Hand, wenn dem so ist." Wie alle andere auch hebe ich die Hand. „Gut alle Schüler, die nicht kämpfen gehen durch das offene Tor dort, ihr werdet dann aufgerufen. In der Arena bleiben der Schüler von Fürst Nalteoris und die Schülerin von Fürst Jolga. Der Rest verlässt den Duellplatz." Aufregung mach sich in mir breit, mein Meiser hat mich wirklich für das hier vorgeschlagen. Vielleicht haben sich all die Anstrengungen in der Wüste ja doch gelohnt. Jetzt muss ich nur noch ohne Fokus gewinnen und das gegen die besten Schüler der anderen Meister. Einige von ihnen sind viel weiter in ihrem Studium als ich. Aber vielleicht ist das auch mein Vorteil. Ohne Kreise bin ich ein Niemand und ein Niemand ist schwer einzuschätzen. Kurz gestatte ich mir ein gemeines Lächeln. Aber jetzt muss ich mich beruhigen, gleich werde ich alle Konzentration brauchen. Ich knie mich in den Sand und bete. Es sind ritualisiert Gebete dich für mich eine Art Mantra darstellen, gleichzeitig hilft mir auch der Inhalt in dem ich die Prophetin um innere Ruhe und Ausgeglichenheit bitte. Diener bringen auf Karren die Knochen, Kippen diese unelegant einfach von ihren Karren und verlassen schnell wieder die Arena. Mein Gegenüber heißt Trima, ein Mann etwa in meinem Alter, der aber schon länger ein Schüler ist. Sein kurzes braunen Haar liegt glatt und glänzend an seinem Schädel an, sein längliches Gesicht wirkt wie das eine Vogeln. Ansonsten ist er eher schmächtig, seine Augen blicken irgendwie seltsam. Nervös spielt er mit einem Ring, den er an der rechten Hand trägt. Seine Kleidung besteht aus einer Eleganten Lederweste mit Messingköpfen unter der er ein tadellos weißes Hemd mit hohem Kragen trägt, helle Pluderhosen und kurze dunkle Stiefeln. Ein schmaler Gürtel mit einer auffälligen Silberschnalle ist der Blickfang an ihm. Vierzehn Meter Sand trennen mich von ihm, wir beide warten nur noch drauf das das Duell beginnt. „Möge der bessere Weber gewinnen." Sage ich zu meinem Gegenüber. Zu meinem Meister der inzwischen auf einer Bank neben dem Richter sitzt gewandt „Für die Ehre eures Hauses mein Fürst." Trima antwortet mit einer hohen nasalen Stimme. „Bemüh dich nicht Totes Mädchen. Dein Meister hat dich noch für keine Knochenkreisprüfung vorgeschlagen. Ich habe schon drei erfolgreich bestanden. Ich werde hier gewinnen." Ohne Fokus wird es anstrengend zu weben, aber ich will verdammt sein, wenn ich diesen Kerl gewinnen lasse. Allerdings werde ich nicht die Träne benutzen bei all den Weber in dieser Arena ist da viel zu gefährlich. „Er hat mich hier für vorgeschlagen also mach dich auf etwas gefasst, denn ich werde mich nicht zurückhalten." Mit einem laut „Beginnt!" Eröffnet der Richter den Kampf. Wie jedes Weber Duell beginnt der Kampf mit Gesang. Jeder von uns versucht die Fäden möglichst gut auf sich einzustimmen. Trima beginnt in Windseile einen Knochenkrieger zu erschaffen. Der Haufenknochen erhebt sich mit rot schwarzen Flämmchen in den Augen. „He Trima. Du hast die erste Knochenkreisprüfungen vergessen. Sicherung des eigenen Konstruktes gegen schnelles Eindringen feindlicher Weber." Er hat sehr schnell und unsauber gewebt, dachte wohl mich mit Geschwindigkeit zu überrumpeln, dafür bekommt er jetzt die Rechnung. Mit Leichtigkeit breche ich in sein Muster ein, Sekunden später deckt sein Knochenkriegern ihn mit Faustschlägen ein, die Flammen in den Augenhöhlen lodern Smaragdgrün. Durch die ständigen Angriffe kommt er nicht zum Weben, die Zeit nutze ich, um den Kriegen zu verstärken. „Zweiter Kreis Verstärkung der eigenen Konstrukte, habe ich bei dir auch nicht gesehen." Mit einem mächtigen Schlag schickt das Skelett den Mann zu Boden. Sein konstrukt legt ganz langsam seine bleichen Finger um die Kehle seines Erschaffers, fast schon sanft drück es zu. Einen Moment leistet er noch sinnlosen Widerstand, bevor krächzend ruft. „Ich gebe auf!" Sofort lässt der Krieger los. „Der Sieg geht an Azzarena." Schmachvoll geschlagen schleicht Trima durch ein sich öffnendes Tor von dann. So gehen auch die nächsten Kämpfe von statten. Die Schüler verlassen sich entweder darauf das eine wie ich, ohne Knochenkreise nichts kann oder haben selbst noch einen lagen Wege vor sich. Erst die Schülerin von Fürstin Yastrima, Kalidre ist ein echter Gegner. Als die grazile Frau die Arena betritt sehe ich die Überraschung in ihrem dunklen Gesicht. Ihre großen dunklen Augen fixieren mich, sie hat wohl mit einem anderen Gegner gerechnet als mir. „Du bist Gut Azzarena, wenn du immer noch in dieser Arena stehst. Wer hätte gedacht das ausgerechnet du zwischen mir und dieser Mission stehst." Ihre Stimme klingt gefasst und es schwingt wirklich Anerkennung mit. „Danke Kalidre. Zeigen wir unseren Meistern, was wir können." Entgegne ich der einen Kopf kleineren Frau. Ich bleibe höflich, denn ich weiß das unsere Meister ein freundschaftliches Verhältnis pflegen. Damit gilt auch Kalidre nicht automatisch als Feind, solange sie die Edikte wart, mache ich das auch. Dann beginnt die sechste Runde für mich. Wieder starten wir mit einem Gesang. Ihre Stimme ist höher als meine, das Lied, das sie wählt, aggressiver. Ein Gesang, um Soldaten auf einem Schlachtfeld anzuspornen. Einen Vorteil habe ich dadurch das ich schon mehrere Runden im Ring stehe, die Fäden sind aus den letzten Runden noch auf mich eingestimmt. Diesen kleinen Vorteil habe ich auch bitter nötig. Denn auf der anderen Seite ist meine Konzentration schon von den letzten Kämpfen angeschlagen. Wie ich sehr schnell merke als unsere Knochenkrieger gegeneinander antreten. Sie sind sich in ebenbürtig. Verdammt wie komme ich sie ran? Immer wenn ich mein Krieger verstärke, kontert sie es. Mache ich meines Stärker, verstärkt sie die Stabilität der Knochen. Sie macht ihres gewandter ich folge ihrem Beispiel. „Azzarena das macht Spaß, aber langsam reicht es. Es wird Zeit das hier zu beenden, jetzt zeige dir mal ein paar Tricks, die du in deinen drei Jahren noch nicht gelernt hast." Sie web ein sehr komplexes Muster. „Wenn eines zerfällt sollen sich drei an seiner statt erheben." Ruft sie mit lauter Stimme. Sofort zerfällt ihr Krieger zu staub, der aber als Wolke im Raum stehen bleibt. Diese dreht sich langsam um die eigene Achse, dehnt sich aus, ohne an dichte zu verlieren. Zuerst verstehe ich nicht, was ich sehe, wie kann das sein. Sie ... sie erschaff aus Magie Knochen? Wie geht das? Ahhhh, ja natürlich das ist eine viel höher Anwendung des Regenerationsmusters. Da wird auch im gewissen Maße Knochen erschaffen, um Knochen zu heilen. Die Wolke verdichtet sich zu drei Kriegern. Ich schüttle den Kopf „Dann eben auf die harte und sehr anstrengende Tour, meine Liebe." Mit schnell und geübten Bewegungen beginne ich ein Muster zu weben und meinem Krieger befehle zu erteilen. In dem Moment, wo sich die drei Krieger meiner Kontrahentin aus dem der Wolke komplett manifestiert haben, reißt sich mein Skelett ein Finger von der rechten Hand ab und schleudert ihn über die drei Gegner in den Sand. Die Welt wird wieder blass und grau das ist anstrengende Webkunst. „Mein treuer Diener bekämpfe den Feind." Emotionslos stürzt sich mein Krieger auf die drei Feinde. Der Kampf dauert nur kurz drei gegen einen, das kann nicht gut gehen. Sie zerreißen meinen Diener in der Luft. Ich brauche mehr Zeit. „Knochen wandle!" Die Welt ist besteht nur noch aus Grautönen und undeutlichen Schemen. Nur die magisch belebten Knochen sehe ich noch deutlich. Meine in grün, ihre in ein einen Currygelb. Ich sehe wie die Knochen zerfallen und sich als drei dünne Speere vom Boden hochschießen. Sie bohren sich durch die Schädelknochen, heben die drei Knochengerüst vom Boden an. Knochen fühlen keinen Schmerz, keine Angst, die gepfählten Krieger versuch sofort ich zu befreien. Wenn es auch nur einem gelegt bin ich erledigt, ich habe keine Knochen mehr und meine Kräfte gehen ohne Fokus auch zur Neige. Am Horizont meiner Wahrnehmung sehe ich meine letzte Chance auf den Sieg durch den Sand schlängeln. Mit einem klappernden Geräusch fällt das mittlere Skelett zu Boden allerdings ohne seinen Kopf. Mit stolpernden und wankenden Bewegungen kommt es auf mich zu. „Knochen wandle und FASS!" Dann mach ich ein Schritt nachhinten, verlasse die Welt der Fäden, entweder es funktioniert oder ich verliere den Kampf und den Wettstreit. Kalidre ist zu gut sie wird jeden anderen Schüler niedermachen und gewinnen. Kopflos und wankend aber nur noch zwei Schritt von mir entfernt wird dieses Skelett für seine Gebieterin den Sieg holen. Ich schau es mit hoch erhobenem Haupte und festen Blick an, sollte ich dieses Duell verlieren dann mit Würde. Von der anderen Seite des Feldes ertönte ein überraschter Schrei. Doch meine Niederlage kommt immer näher. Die Faust zum Schlag erhoben, mit der Wucht eines Schmiedehammers senk sich in Richtung meiner Schulter. Mit geschlossenen Augen, aber aufrechter Haltung erwarte ich den Aufprall und den Schmerz, doch alles, was kommt ist eine Wolke aus Knochenmehl. Kalidre ist ohnmächtig geworden, ohne ihren Willen hält nichts mehr die Muster das die Knochen auf magische Weise erzeug zusammen. Eine Knochenschlange sehr ähnlich der die ich Dorga auf den Hals gehetzt habe hat sich um ihren Hals gewunden. „Es ist vorbei der Siege ist mein werdet wieder totes Gebein." Rufe ich schnell und löse die Muster bevor Kalidre noch etwas passiert. „Die Siegerin ist zum sechsten Mal infolge Schülerin Azzarena. Eine Fortsetzung der Kämpfe ist nicht mehr nötig. Fürst Jolga eure Schülerin hat damit eindrucksvoll bewiesen, was sie gelernt hat und dass sie von allen Kandidaten die beste Knochenweberin ist." Ich verneige mich in Richtung des Richters und meines Meisters. Endlich mal ein bisschen Anerkennung für meine Kunst. Kalidre kommt grade stöhnen zu sich, mit ein paar Schritt bin ich bei ihr, um ihre eine Hand zu reichen. Ihr beim Aufstehen zu helfen, ist meine Art der Ehrenbezeugung für ihre Kunst und ihr verhalten im Duell. „Habe ich verloren?" fragt sie leise und ungläubig. „Du bist kurz ohnmächtig geworden, deiner Krieger sind zerfallen." Versuche ich ruhig zusagen aber selbst ich höre den Stolz und die unbändigen Freunde in meiner Stimme. „Kannst du aufstehen?" Zögernd reicht sie mir eine behandschuhte Hand, dass ich ihr beim Aufstehen helfen kann. Dabei sieht sie mir kurz ins Gesicht, danach weicht sie meinen Blicken aus. „Du bist richtig gut, Knochenerschaffung. Das hat mir mein Meister noch nicht gezeigt, aber wie du schon sagtest, ich lerne ja auch erst seit knapp vier Jahren." Sie bleibt wie angewurzelt stehen. „Du hast doch grade Knochen erschaffen oder nicht? Das Gebilde, was mich aus dem Stand heraus angefallen hat. Das hast du doch irgendwie erschaffen." Sie klingt verunsichert. „Nicht direkt erschaffen, ich habe nur Knochenregeneration angewandt, ein wenig verändert. Ich hatte mich gefragt, wie du das gemacht hast. Das einzig was mir eingefallen ist war das." Sie schüttelt den Kopf. „Im dritten oder vierten Jahr Regeneration und Metamorphose. Das hatte ich viel später und Muster einfach in einem Kampf in neue Anwendungen zubringen nur weil du die Wirkung bei jemanden siehst. Dein Meister muss dich für sehr gut halten, wenn er dir so etwas schon jetzt beibringt." Ich zucke nur mit den Schultern. „Ich Maße mir nicht an die Beweggründe meines Meister, was er mir beibringt oder auch nicht, verstehen zu wollen." Er wird mit wohl eher wieder einen Vortrag halten, da bin ich mir sicher. Er wird fragen was ich mir bei meinen Aktionen gedacht habe und mein mangelndes Verantwortungsbewusstsein betonen. Doch in diesem kleinen Moment finde ich die Welt einfach nur schön. Anerkennung von jemanden dessen Meinung, was zählt und ein hart erarbeiteter Sieg das ist alles, was ich wollte. Nur leider lächelt mir die Herrin nur sehr kurz zu. Noch bevor Kalidre und ich die Arena verlassen können, ertönt eine unangenehme Stimme aus einer der dunklen Logen. „Ich würde gerne sehen, wie sich eure Schülerin gegen einen richtigen Gegner schlägt Jolga. Immerhin wird die Mission gefährlich und ihre Feinde sind dann nicht nur unfähige Schüler." Der Richter antwortet noch vor meinem Meister. „Fürst Cholgi dieses Turnier wurde genau deshalb einberufen, um solche Kämpfe wie ihr ihn fordert zu vermeiden." Unbeeindruckt von diesen Worten fährt der Mann namens Fürst Cholgi fort. „Jolga, wenn eure Schülerin wirklich so gut ist, dann lasst sie gegen einen meiner Männer antreten. Alle werden sehen das das Mädchen für eine daher gelaufene Dorfhündin nicht schlecht ist. Aber noch sehr viel lernen muss, bevor sie sich als passable Knochenweberin bezeichnen kann." Selbst aus der Arena sehe ich das mein Meister vor Wut kocht. Er sieht mich lange an, streicht sich über den Bart. Für einen Augenblick scheinen seine Lippen die Worte. „Es tut mir leid."

Der alte Tempel und die Weberin der Knochen

Zu formen. „Fürst Cholgi ich nehme eure heraus Forderung an. Meine zweite Schülerin gegen euren Mann." Sagt er laut und deutlich und seine Stimme halt durch den ganzen Raum. „Euer Ehren für ein solches Duell sollte meine Schülerin dann allerdings ihren Fokus zurückerhalten, meint ihr nicht auch?" Stille senkt sich über den Raum als so mancher gestandene Weber überlegt was das heißt. Kalidre neben mir mach zwei Schritt von mir weg und sieht mich fast ängstlich an. „Was bei allen Heiligen?" Haucht sie, bevor sie sich wieder unter Kontrolle hat. „Dem stimme ich zu Fürst Jolga, das Turnier ist vorüber. Die Schülerin Azzarena ihre bekommt ihr Knochen zurück." Dann wirft er mir den Beutel von der Brüstung aus zu. „Fürst Cholgi benennt euren Streiter!" Fordert der Richter, der sich ganz offensichtlich das Heft des Handels nicht aus der Hand nehmen lassen will. Für mich ist dieser Cholgi immer noch nur eine Stimme ohne Gesicht. „Baron Yolkas Variden wird mir als Streiter dienen." Sofort setzt raunen und flüstern ein. „Ihr wollt das ein Baron wie Variden in einem Knochenduell gegen eine Schülerin ohne Knochenkreise antritt. Das ist nicht ehrenhaft." Meldet sich die Fürstin Yastrima zu Wort. Von Variden habe ich schon gehört, er hat schon einige Schlachten an den Grenzen geschlagen und wohl immer gewonnen. Man nennt ihn den eisernen Baron. Ich schließe die Augen blende die Welt um mich herum aus sammle meine Kraft, versuche die Erschöpfung der letzten Kämpfe abzuschütteln. Meine Ketten wickle ich um meine Unterarme, spüre wie die Fäden durch meinen Fokus kanalisiert werden, spüre wie meine Kopfschmerzen etwas nachlassen. Kopfschüttelnd setze ich im Sand der Arena. Egal wie gut ich bin gegen einen erfahrenen Baron habe ich keine Chance. So muss sich der Dafiri gefühlt haben als er gegen Dorga angetreten ist. Er wusste das er nicht gewinnen kann, aber er kämpfe trotzdem, weil es sein Stolz und seine Ehre es ihm geboten haben. Die Ehre macht uns zu Menschen, das war die Übersetzung, die ich in der Bibliothek zu sein Kampfspruch gefunden habe. Eine sehr einfache Sicht der Welt, aber was will man auch von einem gemeinen Soldaten erwarten.

14. Kapitel: Ein seltsames Duett
[Rabia]

Kornatan, Palastarena

Der Baron ist ein großer Mann, weder hager noch ein Schrank. Er ist wirklich gut aussehen, fein geschnittene, aristokratischen Gesichtszüge, glattrasiert sowohl Gesicht als auch sein Schädel. Seine Gewänder sehen sehr teuer und edel aus, hätte ich diesen Mann bei einem anderen Anlass getroffen wäre er ein echter Hingucker, obwohl er mich woanders nie eines Blickes gewürdigt hätte. Hier stehen wir uns zu einen Duell gegenüber so sehe ich ihn nur einen Gegner, den ich bezwingen muss. Seine recht kleinen Augen schauen mich an als sein ich ein räudiger Hund, den er verscheuchen will. „Vielleicht lernst du sogar noch etwas, während ich dir den Arsch versohle, Totes Mädchen." Dieser Spruch weckt meine Sturheit, so nehme ich meinen ganzen Mut zusammen und antworte diese erfahrenen Weber. „Möge die bessere Weberin gewinnen. Vielleicht lernt ihr ja auch noch etwas von mir Baron." Wobei ich Baron wie Dreckssack ausspreche. Meine Antwort löst einen wieder raunen im Publikum aus. „Es gelten die gleichen Regeln wie beim Wettbewerb, es ist nur Knochenweberei in alle ihren Spielarten erlaubt. Sollte einer von euch den andere töten oder schwer verwunden wird ihn oder sie der ganze Zorn des Hohen Gerichtes treffen. Habt ihr das verstanden?" Ich hebe die Hand. „Ich habe verstanden euer Ehren." Auch mein gegen über bejaht. „Beginnt!" Ruft der Richter. Der Baron singt in einer tiefen gut klingenden Stimme ein Marschlied. Ich beginne mit einem Liede über die Schönheit der Wüste. Es beginnt ein seltsames Duett, unsere Stimmen und Melodien scheinen sich ungewollt zu einem größeren Ganzen zu verbinden, eine Harmonie des Gegensatzes. Fast zeitgleich beginnen wir unsere Muster zu weben, saugen jeden Knochensplitter, der vom Wettbewerb noch im Sand liegt, ein. Für das Duell wurden weitere Knochen zur Verfügung gestellt, so dass wir aus dem Vollen schöpfen können. Jeder von uns erschaff einen Giganten, naja einen großen Knochenkrieger. Wir arbeiten beide so schnell, aber auch sauber wir können. Wir ziehen uns damit immer wieder gegenseitig die Fäden, die Grundlage der Muster weg. Am Ende diese Merkwürdigen Duettes aus Gesang und tanzgleicher gleicher Bewegung, erheben sich zwei riesige Knochenkrieger. Meiner ist mit etwa zweieinhalb Metern kleiner als der drei Meter Koloss auf der Gegenseite. Die Knochen seines Kolosses wirken fast metallisch auf mich, der Schädel ist etwas zu klein für den Körper. Gelb Rote Flammen tanzen in den Augenhöhlen. Der linke unter Arm ist eine Klinge. Das Ding ist eine drei Meter hohe Kriegsmaschine. Dagegen ist mein „Koloss" klein, er ist mit Knochenplatten gepanzert wirkt aber zerbrechlicher als sein Rivale. In der Hand trägt mein Diener eine Axt und ein Schild. „Kleine mit dem Ding erschreckst du vielleicht Kinder aber mehr auch nicht." Zu seinen Koloss da sagt er „Vernichte es!" Sofort greift er an. Jeder Schritt donnert trotz des Sandes auf dem Boden wie ein Hammer schlag. Das arrogante Grinsen sehe ich auch auf die fast vierzehn Meter Entfernung, sehr deutlich. Sein Koloss schlägt zu, die Unterarmklinge fährt hinab wie das Schwert des Henkers. Der Aufprall lässt beide Konstrukte wanken. Mein Geschöpf ist etwas schneller wieder im Gleichgewicht, mit lautem Donnern prallt der Axtkopf gegen den Schädel des anderen. Der Kopf ruckt zur Seite sonst passiert nichts. Verdammt das Ding ist hart wie Eisen. Jetzt weiß ich warum er der „eiserne Baron" genannt wird. Es folgt ein heftiger Schlagabtausch. Aber keines der Konstrukte kann einen Vorteil erlangen mein Koloss wehrt den

Angriff mit dem Schild ab, das sofort regeneriert, wenn es beschädigt wird, während die Axt einfach keinen Schaden an dem eisenharten Knochen anrichten kann. Das Problem ist nur das mich die ständige Regeneration wie schon im Tal auslaugt. Lange kann ich den Kampf so nicht bestehen. Aber einen Sieg habe ich schon errungen, das arrogante Lächeln ist vom Gesicht des Baron verschwunden. Kurz versuche ich in die Muster einzubrechen, leider sind sie zu fest gewebt, um schnell ein Erfolg zu erringen. Allerdings habe ich das Gefühl, das er das über meine auch sagen muss. „Baron bisher lerne ich nur das mein Konstrukt dem euren widersteht." Rufe ich durch die Arena. „Das wirst du nicht ewig durchhalten, ich muss nur deine Reserven auf zerren, Kleine" sagt er mit kalter, berechnender Stimme. Von der Großspurigkeit ist nicht mehr viel übrig. Eine Belagerungssieg und damit hat er recht. Ich kann nicht gewinnen, aber ich werde auch nicht aufgeben, diese Genugtuung schenke ich dem Kerl nicht. Mir fällt etwas ein das ich während des Kampfs im Bergerlager gesehen habe. Da hat ein Mando einen Angreifenden Berger ohne Waffen niedergerungen und umklammert, dass dieser sich nicht mehr befreien konnte. Die genaue Technik dahinter kenne ich nicht. Das Prinzip reicht mir, zusammen mit den langen Studien zum Skelettaufbau und Bewegungsabläufen sollte ich das hinbekommen. Das wird zwar eine harte magische Anstrengung, die mich wahrscheinlich umhauen wird. Aber lieber so breche vor Erschöpfung zusammen, bevor ich aufgebe. Wieder ein Angriff doch dieses Mal wehrt mein Koloss den Angriff nicht ab. Er läuft in den Schlag rein. Jetzt passieren viele Dinge fast gleichzeitig. Mein Koloss lässt das Schild fallen, das sich sofort in Staub auflöst. Mit der nun freien Hand drückt er den noch erhobenen Schwertarm seines Gegners weiter nach oben und hinten, während er mit der Axt auf die Beine einschlägt. Beide Kolosse fallen in einer Art Umarmung zu Boden. Währenddessen bin ich schon am Weben der weiteren Muster, wodurch sich mein Kopf in zwischen wie ein Nadelkissen für glühende Nadeln anfühlt und meine Welt nur noch aus drei Farben und einem Geräusch besteht. „Knochen wandle!" Rufe ich gegen das immer lauter werde Lied der Fäden. Mein Koloss verwandelt sich in ein Schlangenartiges Geschöpf mit einem Schädel und vielen Wirbeln als Körper. Dieses Konstrukt windet sich einer Würgeschlange gleich um den Eisenkoloss. Dieser versucht sich mit aller Kraft aus der Umarmung zu befreien, schafft es aber nicht. Weit entfernt und ganz leise höre ich ein raunen, vielleicht ein Geräusch im Publikum, doch alles wird in zwischen von der ätherischen Musik übertönt. Gebannt sehe ich wie meine Schlange den Koloss in schachhält, wieder ein Patt. Dieser Moment der Unaufmerksamkeit lässt mich den nächsten schnellen Zug des Barons verpassen. Am Rand meiner Wahrnehmung rasen einige gelb rotes Geschoss auf mich zu. So schnell ich kann erschaffe ich eine Verteidigung. Das erste Geschoss kann ich ablenken, dem zweite und ritten ausweichen, das vierte erwischt mich nur einen Wimperschlag, nach dem ich aus der Welt der Magie getreten bin wie ein Faustschlag in den Bauch. Scheiße! Tut das weh, mir wird übel für einen Augenblick glaube ich mich übergeben zu müssen. Bleib auf den Beinen! Wenn ich jetzt zusammenklappe, ist es aus. Feuere ich mich selbst an. Durch einen Schleier aus Tränen sehe ich wie der Baron die nächste Salve vorbereitet. Für eine Antwort fehlt mir die Kraft, aber mit einem kleinen Trick kann ich ihn stören. Mit einer schnellen Geste der linken Hand ziehe an einem Faden, den er grade verwebt. Der Muster zerfasert und das fast fertige Geschoss kracht in sein Gesicht. Ein lauter Schmerzensschrei und einige sehr deftige Flüche sind mein Preis für diesen Zug. Seine Nase blutet, seine Lippe auch. Wütend stuckt er Blut aus. „Jetzt bist du fällig Totes Mädchen!" Brüllt er. Die schon fertigen Geschosse verändern ihre Form, sie werden spitz. Bei der Prophetin, wenn mich eines von denen Trifft bin ich Tod. „Richtet über meine Sünden, wenn ich vor euer Tor trete. Seit gerecht und gnädig, ihr zwölf erhabenen Richter des Tores." Mit diesen Worten tauche ich wieder in die Welt ohne Farben oder Geräusche ein. Nur die Melodie der Fäden die inzwischen die Ohren betäubende Intensität und die Lautstärke eines Gewitterns erreicht hat. Die einzigen noch verfügbaren Knochen sind die Knochenlanzen die auf mich zu rasen, für Eleganz fehlt mir die Zeit. Für einen außenstehenden Beobachter sieht es wahrscheinlich so aus das ich mit zusammendrückenden Fingern auf die, auf mich zur fliegenden Knochenlanzen zeige, während ich mit der anderen Hand so schnell wie möglich die Muster webe. Das Saatkorn das Stück Knochen das nicht durch Magie erschaffen wurde, ist das, was ich brauche. Die Lanzen wurden aus einem Zorn heraus erschaffen, schnell unbeherrscht. Die Muster sind dem entsprechend nachlässige und schwach gewebt worden. Aber alles muss extrem schnell gehen. Komm schon du verdammtes ... das Muster ist weg, jetzt habe ich das Korn. Sofort webe ich Muster darum, auch wenn das Korn nicht größer als eine Haselnuss ist, reicht das völlig. Das zweite Geschoss prallt gegen diese Haselnuss. Korn und Geschoss zersplittern in unzählige Splitter die zu staubzerfallen. Nummer drei trifft mich, während ich noch in der Welt der Magie bin. Ein Unterarm langes eisenhartes Geschoss trifft meine rechte Schulter. Wie ein Zuschauer sehe ich durch den grauen Schleier wie mein Körper regelrecht weggeschleudert wird. Er verschwindet aus meiner Wahrnehmung. Wie als Reaktion darauf verändert sich die Melodie der Fäden, sie wird wilder, aggressiver. Die Fäden bewegen sich, die Strömung der Fäden ändern sich. Panik und Verzweiflung bemächtigt sich meiner, wie soll ich jetzt den Weg zurückfinden. Meine Umgebung ist inzwischen so laut das ich meine eigenen Gedanken kaum noch hören kann. Meine wieso schon bis an die äußersten strapazierten Kräfte beginnen zu versagen. wilden Fäden wabern wie lose Spinnweben in Wind der Magie schlagen hier hin und dort hin. Die Muster des Kampfes beginnen sich aufzulösen, wodurch noch mehr Fäden in den Winden der Magie zu wehen beginnen. Die Hände auf den Ohren, um die Melodie von meinen Ohren fernzuhalten sinke ich kraftlos auf die Knie. „So trete ich vor euch, um eine Gnade bitten, die ich nicht verdiene, Herrin der Wüste." Das Bild des alten Priesters geht mir durch den Kopf. Moment mal was ist mit der Träne des Mondes, sie wirkt wie ein leichter sog auf die Fäden, vielleicht kann ich diesen sog in hier in der Welt der Fäden sehen. Auf allen vieren Kriechen bewege ich mich langsam in die Richtung, in der mein Körper wahrscheinlich verschwunden ist. „Wo bist du, wo bist du nur? Komm schon!" Da am Rande sehe ich einen ganz feinen Strudel in den wilden Fäden. Er ist schwach, kaum zu bemerken, wenn man nicht weiß, wonach man suchen muss. Das muss die Träne und meine Körper sein. Der Widerstand wird immer größer aus den feinen Spinnweben wird unnachgiebiger Draht, dessen Berührungen höllische Schmerzen verursacht, Eis und Feuer zusammen. Wo ich die Kraft her nehme um einen Schritt aus der Welt in meinem Körper zumachen weiß ich nicht. Woher ich weiß welcher Faden in meinen Körper führt noch viel weniger, nur die pure Verzweiflung und der Schmerz treiben mich dazu irgendein Faden zunehmen. Aber irgendwie gelingt es mir mein Geist und Körper wieder in Einklang zu bringen. Die Herrin muss mir in diesem Moment wirklich zugelächelt haben. Ich fahre ruckartig mit dem Oberkörper hoch. Wie eine ertrinkende schnappe ich nach Luft, reiße die Augen auf, sehe für den Bruchteil einer Sekunde viele Menschen um mich herumstehen und schreie vor Schmerz. Dann wird alles dunkel. Das Tor erwartet mich.

Ende

Die Geschichte wird im 2. Buch „Im Reich der Herrin der Wüste" fortgesetzt

Der alte Tempel und die Weberin der Knochen